10 YEARS AFTER

稲田幸久

YUKIHISA INADA

目次

50 YEARS BEFORE

一

きらりと輝く朝日を蹴飛ばすように、何人もの人々が足早に歩いていく。皆、電車を乗り換えてそれぞれの職場に向かうのだ。いや、電車だけではない。バスの人もいる。箱形のバスから吐き出される排気ガスが、九月の広島駅前の温度を少しだけ上げている。残暑はまだそこここに残っている。

むっとする熱気の中、大垣サチエは滴る汗を拭いながら元気よく声を張り上げた。

「いらっしゃい、いらっしゃい。手作りのお弁当ですよ。今日のおかずはハンバーグですよ」

ほとんどの通勤客はサチエを振りかえることはない。前を向いて黙々と歩くばかりだ。賑やかなのは中学生と高校生ぐらいで、彼らはどこか勉強のできる学校にでも通っているのだろう、控え目だが、それでも自分たちだけの楽しさを知っているといった様子で明るい声を響かせている。その若さ溢れる姿は、この朝の光と同じように新鮮さに満たされて見えた。学生は男の子もいたし、女の子もいた。どちらかというと女の子の方が多い。サチエは、笑いながら通り過ぎる女学生を眺めながら、胸の奥に暗い影が広がっていくのを感じた。

「一ついい？」

声をかけられ、我にかえる。

「え……。あ、はい。ありがとうございます」

慌ててかごの中の一つを取り出し、最近、急速に普及しはじめたビニール袋に入れて手渡す。

「全部いっしょ？」

客はビジネスマンだ。半袖の白いワイシャツに赤いネクタイをしめている。革鞄の上に、茶色い背広を折りたたんで置いているのは、やはり九月になっても暑いせいだろう。

「はい。ハンバーグとスパゲッティ。きんぴらごぼうとマカロニサラダ。野菜はキャベツにトマトとしっかり入っているので、これを食べて、午後もお仕事がんばってください」

サチエが早口に説明すると、喋り好きなことが伝わったのか、客はかたかった表情を少しだけほぐした。

「へぇ、うまそう」

ビジネスマンがビニールをのぞきこんでくんくんと鼻を鳴らす。弁当は朝仕込んだ分を詰め込んで来ていた。ご飯は熱を持ち、立ちのぼる湯気には香ばしさが含まれているはずだ。その証拠に、匂いを嗅いだ男の顔には、たちまち少年時代に戻ったような笑みが広がっていく。

男からお金を受け取ったサチエは、

「ありがとうございます」

元気よく言った。

「まだまだ今日も暑くなりそうですね」

サチエはどんな客にも必ず声をかけるようにしている。もともと人なつっこい性格だったが、そうして声をかけると目の前の誰かが他人ではなく、同じ広島の町に暮らす仲間なのだと感じることができる。そう感じられることがサチエは好きだった。広島に住む人はみな仲間なのだ。

「ビールがうまくて太るばかりよ。カープも強いけえね。まさかの首位じゃし、このまま優勝するかもしれん。そうなりゃ初優勝じゃ。野球見ながらビールが一日の楽しみよ」

男も話し好きなのか、ネクタイを緩めながら、そう語りかけてきた。

「そりゃ、最高ですね。なにより幸せな時間です」

「ほうよ。それがね、おばちゃん……」

男はなおも言いかけたが、路面電車の発車を知らせる合図を耳にして、さっとそちらを振りかえった。人が並ぶ停留所は太陽を直接受け止め、陽炎がゆらめく中、歪んで見える。

「あ、もう行かにゃいけん」

男はビニール袋をひょいと持ち上げると、

「ありがとう、おばちゃん。昼休みが楽しみじゃ」

そう言って走り去っていった。

「こちらこそ、ありがとう。今日もがんばってくださいね」

サチエはビジネスマンに手を振る。そのビジネスマンが雑踏に紛れ込んでいくのを見届けると、ふうと息をついて、

「よし」

気合を入れ直す。それから再び、

「いらっしゃい。いらっしゃい。手作りのお弁当ですよ」

と声を張り上げるのだった。

そうしてしばらく弁当を売り続けたサチエは、弁当を入れて来たかごから最後の一個を取り出し、

「あっ」

と呟いた。手に持った姿勢で、そのまま固まる。

「ん？　どしたん？」

目の前の作業服の男が財布から目を移してサチエを見る。

「いえね」

サチエは作業服の男にはにかむような笑みを向けた。

「お客さんが最後です。今日は、これで全部売り切れ」

「ほうね。そりゃ運がよかった」

明日はもう少し早く来にゃいけん、そう言いながら弁当を受け取る客に、サチエはもう一度、笑みを投げかけた。今度はいつも通り、元気いっぱいの笑顔だ。

「待っとりますね、お客さんのこと。ありがとうございました。今日もがんばってください」

おつりを渡したサチエは、男に手を振ると、小さく拳を握りしめた。

（全部売れた）

お金とビニール袋をしまいながら胸の内側の弾みに気持ちを向ける。なんとかやっていけるのではないか、その手ごたえを得られたことがうれしかった。一週間前には一個売るのがやっとだったのだ。それが今日は十五個も売れた。どうやらサチエがここに立って弁当を売っていることが知られはじめているらしい。客は警戒心を解いて近づくようになってきている。

その客の中には、

「この前の肉じゃがうまかったよ」

そう声をかけてくれる常連もいるのだ。その客はサチエより少し年配の四十代半ばに見えた。右足を引きずって歩く男は、サチエの弁当を楽しみにしてくれているようで駅前に出て来るたび真っ直ぐサチエのもとに歩いて来てくれる。

このように自分の料理を楽しみにしてくれ、誰かが少しでも元気になってくれたらサチエはうれしくてたまらない。自分にできる務めを果たせた気分になれる。もちろんサチエが弁当を売るのはお金が目的だ。稼がなければならない。だが同じ金儲けでも、気分良く稼げるのであればそれに越したことはないだろうとサチエは思っている。

(明日は二十個用意してみるかな)

そう思いながら、かごを背負いかけたときである。

「ちょっとよろしいですか」

背中にかたい声がぶつかって、サチエは思わず肩を飛び上がらせた。

「私ですか？」

おそるおそる振りかえると、紺色の背広に銀ボタンの三つ並ぶ制服の男が鼻孔を膨(ふく)らませて立っていた。中年の男の頭にはつば付きの平たい帽子が乗っかっている。帽子の前立て部分には銀色のマークと赤いライン、そこに金色の線が一本入っているのが見えた。

「なんでしょうか？」

男の険しい表情を見て、サチエは瞬間的に身体を小さくする。威厳を張った様子から、男がなんらかの権力の座にあることがうかがい知れた。変なことをしたら捕まってしまう、サチエは本能的に思った。

「ここでなにをしていたのですかな?」

案の定、中年男の声はとげとげしかった。聞いたサチエはおろおろと目を泳がせはじめる。

「弁当を……。弁当を売っていただけですが……」

「許可は得ているのですか?」

「許可? 許可といいますと?」

「ここで販売をする許可です」

「知らなかったもので……」

「得ていないのですな?」

赤ラインに金線入りの帽子の下で、細い目がきらりと光る。男は胸ポケットから手帳と筆記具を取り出すと、

「まったく」

そう鼻息をつきながら手帳をめくりはじめた。

同時だった。サチエはくるりと身をひるがえすと、男に背を向けて走りはじめた。

「あ、ちょっと……」

隙をつかれた男が声を上げる。だが、サチエはけっして後ろを振り返ることはしなかった。息を切らしながら、ももを精一杯上げ、とにかく走る。捕まってはならない、そう思っている。駅前から外れて川沿いの通りに出ても、サチエは駆けることをやめなかった。

「ああ、もう……。どうして……」

自分でもなにを言っているかわからない。わからないくせに、悔しさと絶望が口からこぼれ出てし

まう。

「うまくいきかけとったのに……。なんで私ばっかり……」

ここで終わったらどうなるのだろう、そんな焦りが生まれる。ほかに稼ぐ方法はあるのだろうか。あれこれ考えながら走っていたが、そのうちサチエは、自分が誰か別の人間の行動をそっくりそのまま真似しているのではないかという感覚にとらわれた。誰か過去にも、今の自分と同じように注意を受けて走って逃げた人間がいた気がする。その人は結局捕まり、連れて行かれてしまったのではなかったか。

そこまで考えたサチエは、唐突にある人物が目の前に浮かび上がってくることに気づいて口を開けた。

（かあさん？）

今この状況で母を思い出したことにサチエは一瞬立ち止まりかけた。幼いころに死んだ母は、顔をぼんやりとしか思い出せないほど、記憶から抜け落ちている。実の母ということで気持ちのどこかに引っかかりは残っていたが、だからといってあえて意識にのぼらせることはなくなっていた。日々の暮らしをやり過ごすことで頭がいっぱいで、母のことを思う余裕などなかったのだ。そんな母が、今、ありありと現れていることに、サチエはなにかの啓示を受けているような気がして底のない恐怖を覚えずにはいられなくなった。

「ああ、そうか……」

自分の家を目にしたサチエは、ようやく足を緩めることができた。広島駅から徒歩十五分ほどの住宅地に建つ自宅は一階を喫茶店にしている。十人も入ると満員になってしまう小さな店だ。その喫茶店の、緑色の看板を目にしたサチエは、

（逃げ切れた）

ようやく一息つくことができた。その安堵の隙間を縫うようにして入り込んできたのは、やはり母の面影である。一度、思い出したことで胸の奥に母が巣くいはじめたのかもしれなかった。サチエは

母を強く意識している自分に出会う。

「そうか。そうだったんじゃ」

荒い呼吸のままサチエは顎を上げる。

(私、かあさんと同じことしとったんじゃ)

そのことに気づいた。弁当売りを思いついたときは、自分が出したアイディアで、それを思いついた自分はすごいと胸を張りたい気持ちだったが、それはどうやら過去に母が取った行動をなぞっていただけのようである。サチエは無意識のうちに母と同じことをしていたのだ。

思い至ったサチエは、途端に暗い思いを抱えるようになる。母と自分がいつの間にか同じことをしていたという事実。そこには切っても切り離すことができない親子としての縁(えにし)のようなものが存在している気がした。サチエは自分も母と同じ運命をたどるのではないか、そう思い、身を震わせはじめる。

(やっぱり私もかあさんみたいに……)

サチエは肩を抱きしめながら、とぼとぼと緑の看板がかかる店へと戻った。

二

母が死んだのはサチエが十一歳のときだった。瀬戸内海に浮かぶ島で、家の中を吹き抜けるあたたかい風を浴びながら、この世から去っていった。死の直前、高熱と嘔吐をくり返した母は目をそむけたくなるほど苦しそうだった。これほどの苦しみが死の直前には訪れるのだとサチエは怯えずにはいられなかった。母が助からないことは幼いサチエの目にも明らかで、だから母が息を引きとったときには、悲しみよりもほっとした思いに多く包まれた。

(これでもう、かあさんはピカの苦しみから解放されるんじゃ)

からっぽになったような胸の中でその思いだけが形を保っていた。母は原爆症で死んだのだった。

広島に原爆が落ちたのはサチエが七歳のときである。とはいっても、サチエは原爆のことをあまりよくは知らない。島にある母方の実家に母と二人で遊びに来ていたのがちょうど八月六日だったのだ。だから、自分が住んでいた広島に新型の爆弾が落とされたことも、母が父方の祖父母を助けるために急遽広島に戻ったことも、慌ただしさの中での出来事のようで、よくは思い出せなかった。

ただ、大人になっても鮮明に浮かび上がって来る情景がある。それは、原爆が落とされてから二十日後のことだ。広島駅のほどちかくに建っていた自分の家に帰ったサチエは、跡形もなく消え去った町を目にした。まったくの廃墟だった。家だけではない。町そのものが瓦礫の海へと変わっているのだ。黒い瓦屋根や茶色い板壁が並んでいたサチエのよく知る町は、灰色で覆いつくされてしまっていた。サチエが島に行っている間に、サチエの育った広島は、この世から消えてしまったようだった。

町医者をしていた父方の祖父母は、八月六日の爆弾で死んだ。一緒に暮らしていた祖父母の死をサチエは深く悲しんだ。祖父母は病院を手伝う母に優しかったし、もちろんサチエにも優しくしてくれた。食料が不足する中、喉の薬じゃと言ってこっそり砂糖を舐めさせてくれたことがある。祖父も祖母も目を輝かせるサチエを見て、やわらかい笑みを浮かべてくれた。あの優しかった祖父母に、もう会うことはできなくなってしまったのだ、そのことが辛かった。

そう悲しむサチエに母は、

「おとうさんが帰って来るまで、ここでがんばるよ」

肩に手を乗せて言ったのである。母はこのなにもなくなった町で暮らす決意をかためているようだった。島の実家に戻ることはせず、中国に出征している父の帰りを待つつもりでいるらしかった。そのときの母の気迫に押されて、サチエはよくわからないままうなずいたのである。母と二十日も離れて暮らした心細さが、母の近くにいたいという思いを強く抱かせたのかもしれなかった。

こうして怒涛のような暮らしが始まったのである。あまりにごちゃごちゃし過ぎていて、そのころのこともサチエはよく覚えていない。

毎朝早くに出かけ、大勢の人でごった返す中、夜まで母の側で過ごした。サチエが母と一緒に過ごしたのは広島駅前のヤミ市である。当時、食料は政府からの配給品に限られており、それだけでは人々が暮らしていくには足りず、都市部の人は飢えていた。そんな状況を見て、田舎から米やイモを仕入れて売買する者があらわれた。そうした者たちのひとりに母はなったのである。どこからか仕入れてきた食材にひと手間加えて弁当のような形で売りはじめた。食料が不足していた時代である。ひと手間加える必要もなく、食べ物であればなんでも売れるはずだったが、それでも母は弁当にして売ることにこだわった。

「誰かが、おいしいって言ってくれたら、それでかあさんも、この世に残っとってもよかったんじゃって思える気がするんよ」

母が握り飯を作りながらそのように言ったことをサチエはぼんやりと覚えている。そのときの母がどんな顔をしていたかまでは思い出せないが、母が愛おしむように口にした言葉はサチエの胸に深く刻み込まれ、大人になっても抜けずに残ってきたようであった。

サチエはヤミ市で、多くの人に出会った。いや、人しかいないというような有様だった。熱気と体臭が充ちていた。それ以上に生き抜こうとする力。皆、声を張り上げて物を売っていた。買う人も声を張り上げて物を求めていた。生きるのに皆、必死だったのである。

そのときのヤミ市にいた人々が、今、どこでなにをしているのかサチエは知らない。片手をなくした酒売りのおじさん、座り込むサチエに売り物の干し柿を食べさせてくれたおにいさん、それから、人ごみの中をするすると移動していく子どもたち。その子らはどうやら親がいないようで、いわゆる戦災孤児であった。孤児たちは、昨日までいた子が今日はいなくなり、今日までいなかった子が明日には増えているといった有様で、入れ代わり立ち代わり顔ぶれが変わった。それでもサチエにとっては貴重な同年代の友だちだったのである。サチエは働く母にくっつきながらも、どこの誰かわからない子どもたちと一緒に遊んで過ごすことを楽しんでいた。

そのヤミ市での暮らしは一年あまり続いた。母とサチエはもともと自分たちの家があった場所に廃材を集めて小屋を建て、そこで寝泊りをしていた。そのときにはサチエも母の弁当の下ごしらえを手伝うようになっており、ヤミ市でも声を枯らして一緒に売り歩くようになっていた。自分が手を加えた料理を、おいしかったと言ってもらったときは心に羽がはえたような喜びを感じた。材料に限りがあるため栄養価の高いおかずを作ることはできなかったが、母とサチエの弁当は戦後の混沌とした時代を生きる人々にほのかな光を届けているように見えた。弁当を手にした客は顔中に喜色を浮かべ、かつて買ってくれた人は、母とサチエを見かけては、

「うまかった。ありがとう」

と言ってくれる。なかには涙を流して感謝を述べてくる者までいた。サチエたちの弁当はいつの間にか人気になり、商品を並べた途端手が伸びるような状況になった。母とサチエは少しでも多くの人に弁当を届けようと、朝、晩の二回、売る個数をさらに増やし、その合間合間に商品の買い付けや弁当の仕込みをするなど、寝る暇もなく働いた。

お金もある程度稼げるようになった。そのことが母を勇気づけたようだった。

「おとうさんが帰ってくるまで一緒にがんばろうね」

そうサチエの頭を撫でてくることが一日の終わりの儀式のようになった。母は父が帰って来るまで、女手一つでサチエを育てていく決意を固めたようだった。

そんな矢先に事件は起こったのである。警察が動いたのだ。ヤミ市は治安問題を抱えているとの理由で、そこで働いていた者たちは一斉に検挙された。そのとき母は一度逃げ、しかし逃げ切れずに捕まってしまった。捕まった母は警察で相当厳しく責められたらしく、家に帰って来たときには弁当を売る気力を完全にくじかれていた。

それでも、元々が気の強い母である。少し時間を置いたあとは、再び、なにかしらの方法で広島の人々に料理を届けようと試みはじめた。食堂を建てるために土地探しを始め、病院に弁当はいらない

かと売り込みに行きはじめた。

そこへ父の死を知らせる通知が届いたのである。

中国に出征していた父は広島に原子爆弾が落とされるよりはるか前に命を落としていたようだった。知らせを目にした途端、母の中にかろうじて残っていた芯のようなものがぽきりと折れたようだった。母は丸一日、死人のように寝込み、布団から出てきたときには、

「さっちゃん、島のおじいちゃんのところに行こうか」

と泣いているような笑っているような顔で言ったのである。

こうしてサチエは島で暮らしはじめたのだ。サチエは八歳になっていた。

祖父母の家には母の兄夫婦が暮らしていた。別に邪険に扱われるわけではなかったが、それでも肩身の狭い思いをサチエは感じずにはいられなかった。母は一度は元気を取り戻して故郷の島を歩いたり、家事をこなしたりするようになったが、それも気づいたときにはできなくなっていた。布団にくるまって一日中寝ている日が多くなっていく。

(かあさんは働き者だった自分を警察の取り調べで奪われてきたのかもしれん)

ひたすら寝続ける母を見てサチエはそんなことを思った。

その分サチエはよく働いた。自分たちがこの家に置いてもらうためには役に立たなければならない、そうおさな心に思っていた。家事に、畑に、魚釣りにと、サチエは思いつく限りの手伝いをした。そんなサチエが特に力を入れたのが料理である。

おいしい料理を作れば必要とされる。

そうサチエは信じていた。ヤミ市の中で、女性の母が、一癖も二癖もある男たちに囲まれながらも独特な地位を得ることができたのは、おいしい料理を作ることができたからにほかならない。料理は人の喜びに繋がっている。そして、喜びは人が生きていくうえで欠かすことのできないものなのだ。そのことを身をもって知っていたサチエは、とにかく料理をがんばろうと決めた。祖母や伯母が、

「そんなにしてくれんでもええよ」

と気づかっても、朝、誰よりも早く起きて支度をし、祖母や伯母が起き出したころには、あとはあたためればいいだけというまでに仕上げていた。夕食も夕食で、二人の女性の間に割り込んで、下ごしらえをし、食べ終わったあとは食器の片づけをひとりで行った。そんな毎日が続くうち、サチエの料理は祖父母宅でも認められるようになり、サチエは次第に三食の準備を任されるようになっていった。

こうして三年が過ぎた。サチエは島の中で、働き者の快活な女の子として知られるようになった。だが、その逆で母はどんどん衰弱していった。そしてある日、突然高熱を発したかと思うと、今度は激しく嘔吐し、それを繰り返すようになったのである。

熱を発して五日後、母は死んだ。

苦しみ抜いた末の死だった。そのときサチエは、ぐったりと動かなくなった母を見て本能的に悟ったのである。

（私にもいつかかあさんと同じような死が訪れるんじゃ）

母が、『ピカ』と呼ばれる新型爆弾の影響で死んだことはわかっていた。同じように、苦しみの果てに死んだ島の人間をサチエは知っている。その人も爆弾が落とされた日に被災地の広島に応援に駆け付けたうちのひとりだということだった。

ピカは直接被害にあった者以外にも死の種を植え付けている。そしてそれはやがて芽を出し、身体中をむしばんでいくのである。想像を絶するような苦しみを与えながら死の淵へと引きずり込んでいく。

母の死を目にしたサチエは、数か月の間、全身を襲う小刻みな震えを止めることができなくなってしまった。あの灰色の広島で一年にもわたって暮らしたことが、サチエを恐怖の底に突き落としていた。

三

テーブル席で談笑していた鳶服の男たちがようやく立ち上がった。三人の男はサチエと同年代かやや下といった年齢だ。近くの建設現場で働く大工である。

「おばちゃん、うまかったよ」

「これで、午後からもうひと働きできるわ」

笑顔を浮かべて口々に声をかけて来る男たちは爪楊枝をくわえている。毎回、サチエの料理に満足顔を浮かべてくれる気のいい顔なじみだ。だから、サチエも気軽に話をすることができる。

「ちょっと待って。あんたら、小学校の子どもがおるって言うとったじゃろ。これ持って帰って食べさせてあげんさい」

サチエは容器に入れたハンバーグを二人の男に手渡す。大工たちがビニール袋をのぞきこんで、

「おぉ」

歓声を上げげた。

「こりゃ喜ぶわ」

「わしが食べたいぐらいじゃ」

二人は家族のことを思い出したのか、頬をほころばせている。それを見て、サチエも胸にあたたかいものを感じる。誰かが喜んでいる姿を見るのはやはり気分がいい。

「おばちゃん、わしにもくれや」

唯一ハンバーグをもらえなかった男が自分の鼻を指さす。サチエはそんな男に別のビニール袋を差し出した。

「なんじゃ、これは？」

男が中をのぞき見て首をかしげる。

「きんぴらごぼうよ。たくさん入れてあげたけ」

サチエが言うと、男は二人の同僚を見て物欲しそうな目をした。

「わしもハンバーグがえぇのぉ」

そう嘆く男の、突き出たおなかをサチエは指さす。

「あんたは少しやせにゃいけん。肉ばっかりくうけえ、そんなおなかになるんよ」

「ひどいのお、おばちゃん。これでも少しはやせたんで」

「そんなら、もっとやせんさい。やせて早いとこ嫁さんもろうて、子ども作りんさい。そしたらハンバーグわけてあげるけ」

太った男はそれには答えず、残りの二人と視線を交わしながら苦笑を洩らした。最近なにかそっち方面であったのかもしれないし、あるいはなかったのかもしれない。この男にもこの男の毎日があるのだ。

「まあ、きんぴらでもええわ。おばちゃんの料理はなんでもうまいけ」

太った男が笑顔になって言う。それを見てサチエも大口開けて笑う。

「そりゃうれしい。こんな料理でよかったら、いつでも食べにきんさい」

「うん……」

サチエの明るい声とは対照的に、男はきまり悪げに口ごもってしまった。さすがにサチエも不審に思い、大工たちに向かって眉を寄せる。

「実はね、おばちゃん」

男たちは肘で互いをつつき合うと、きんぴらごぼうをもらった男が前に出て、そう切り出した。

「わしらの現場、来週で終わりなんよ。じゃけぇ、これからは、ここに食べに来るってわけにはいかん」

「……そうね。あんたらもね」

サチエは一瞬茫然とした。また客が減るのかと思った。男たちに渡したハンバーグやきんぴらも昼定食の残りなのだ。今日の最後の客だったから、残り物を渡すサービスをしたのである。今までは残ることなどなかった。常に朝仕込んだ分はなくなっていて、途中で「定食うりきれ」の貼り紙を貼らなければならないほどだったのだ。

「ごめんね、おばちゃん……。仕事が休みの日に、家族と食べに来るけぇ」

ハンバーグを持った方の一人が言う。男たちが申し訳なさそうにしているのは、サチエの店の客が目に見えて減っていることに気づいているからだ。

「あんたらが謝ることじゃないよ」

男たちを見て、サチエは元気よく答えた。どんなときでも、料理を食べてくれた客は明るく見送らなければならないのだ。でなければ、せっかくの料理が苦い思い出に変わってしまう。

「次の現場に行ってもがんばりんさい。あんたらががんばればがんばるだけ、喜ぶ人が増えるんよ。家を建てるってのは、ほんま立派な仕事よ」

サチエが腰に手をやると、男たちの顔に、まるで雲間から陽が差し込んだように笑みが広がっていった。

「来週までは、毎日来るけぇ」

「現場の人間全員連れて来る」

我先にと言い募る男たちに向かってサチエは胸の前で手を合わせる。

「そりゃうれしい。それなら店を貸し切りにして、あんたらの家の完成祝いでもしようかね」

それから少しの間、完成祝いをどのようにするかで盛り上がり、やがて男たちは代金を払って店から出ていった。

「またね、おばちゃん」

「美津子ちゃんも、またね」

カウンターの隅に座って画用紙に筆記具を走らせている美津子にも手を振り、男たちは九月の熱気の中に消えて行く。笑顔で手を振ったサチエは男たちが出て行ってしばらくすると、ふうと息を洩らした。

その吐息を聞いて、美津子がむくりと身体を起こし、男たちが使っていたテーブルの食器を集めて流しに持って行く。それから布巾を手に戻って来ると、テーブルを丁寧に拭き、再びカウンターの中へ戻って行った。美津子にはお客さんが店から出て、三十秒数えたあと食器を片づけるよう頼んでいる。美津子は自分の仕事を終えると、いつものカウンターの隅に腰掛け、画用紙に再びなにかを描きはじめた。

「ありがとう、みっちゃん」

サチエは十五歳の娘に礼を言うと、流しに入って、運ばれた食器を洗った。泡を水で流し終えるとコーヒーをカップに注ぎ、美津子の隣に座る。ちらと時計を見ると、時刻は一時半を過ぎたところだった。

「休憩にしようか。もうお客さんも来んじゃろうけ」

美津子の前にミルクがたっぷり入ったコーヒーを置くと、美津子は、

「ありがとう、おかあさん」

と両手でカップを包み込んだ。コーヒーに何度も息を吹きかけ、それから一口啜る。

「おいしい」

美津子が無表情のまま言う。それを見てサチエは、

「みっちゃんなに描いとるん？」

美津子の画用紙をのぞき込むふりをした。

「だめ。まだ見せん」

美津子は画用紙を隠すように覆いかぶさる。その行為はあまりに無邪気に映った。振る舞いだけを見ると、六歳か七歳くらいの少女のようだ。実際、知的発達もそのぐらいなのである。美津子は知的障がい者だった。

「完成したら見せてくれるん？」

サチエは元気を取りつくろって、そう問いかける。

「見せてあげる。でも、今は見せん。おかあさん、びっくりさせる」

「じゃ、できるまで待つわ。おかあさん、楽しみにしとくけ」

サチエが言うと、美津子は身体を起こして画用紙をスケッチブックに挟み、またコーヒーを飲みはじめた。

(いったいなにを描いとるんじゃろ)

表情の乏しい長女の横顔を見ながらサチエは思う。元々、美津子は絵を描くことが好きだった。それこそかじりつくようにして、小学校に通う前からノートに筆記具を走らせ続けてきたのである。美津子が描くものは、花であったり、虫であったり、町であったり、人であったりした。それらは、はっと息を飲むほど精緻(せいち)で、親のひいき目を抜きにしても上手に見えた。

この子は特別な才能を持っているのではないか、そうサチエは密かな期待を抱いたことがある。将来、社会の中で生きていくことが難しいであろう娘が、絵という武器を使って自分の居場所をつくることができるのではないか、そんな夢を見させもした。

だが絵の世界もさまざまな欲得が渦巻いていて、人と人との付き合いが重要になってくると、そういう話を聞かされてからは、サチエの夢も色を失っていった。美津子と同じ小学校に通う少女の母親が話してくれたのである。その母親は外国製の自動車を二台も持っているお金持ちだった。聞いたサチエはいくぶんがっかりしながらも納得してしまった。どこの世界でもやはり人付き合いは欠かせないのだ。わかっていながらも目を向けずに来た事実を突きつけられた気がして、サチエはばつの悪い思いを抱いた。美津子は普通の人付き合いができない子なのである。好きな絵の世界に進んだところで人付き合いで苦労すれば美津子は辛い思いをすることになるだろう。そうであれば、社会の中で居場所を見つけようと努力する必要なんてないのではないか。自分がずっとそばにいればいいのだ、サチエはそう考えた。

サチエがそのような考えに至ったのは、美津子の絵に変化が生まれた時期とちょうど重なっていたからかもしれない。小学校六年生になった美津子の絵は、繊細だった筆致が崩れ、太い線を用いて、なにを描いているかわからないものになっていった。けっしてうまいとは言えない絵だった。そんな娘の絵を見たサチエは、

（やっぱり絵の世界で身を立てるなど期待せんでよかった）

と思ったのである。くねくねとした線と派手な色が並んだ絵は、どうしてこんなものを描きたいと思ったのだろうと、そのことが理解できないほどだった。ただ、当の美津子はというと、へたくそな絵であっても楽しそうに描いているのである。そんな美津子を見てサチエは理解する。美津子の絵は子ども時代はうまいと褒められても、歳を取るにつれて霞んでいく類のものだったのだと。

気持ちが冷めたサチエとは対照的に、美津子はその後もどんどん絵にのめり込んでいった。ひとりでいるときはたいてい絵を描いて過ごすようになる。サチエはそんな娘を止めようとはしなかった。描いて満足するなら、描かせてあげればいい。他の子と同じように生んであげることができなかったのだ。おそらく原爆の影響があるのだろう。自分が広島のヤミ市で一年以上も過ごしたから、美津子は知的障がいの子として生まれてきてしまったのだ。その負い目が、美津子にはできる限り好きなことをさせてあげなければならないと、サチエに思わせるようになっていた。

そんな美津子が再び変わりはじめたのは、サチエの夫である弘和が死んでからである。

四か月前の出来事であった。

それまでは絵が完成するたび、周りに見せていたのに、なにを思ったか急に隠れて描くようになった。美津子は何枚も描いているようだったが、それらは美津子にとって秘密なようで、その状況が今も続いている。カウンターの隅に陣取り、筆記具をひたすら走らせる美津子は、人が近づくと画用紙の上に身をかぶせて隠そうとする。

（ま、いいか）

カップに口をつけながら、サチエは思う。今はしたいようにさせればいい。別にじゃまをされているわけではないのだ。美津子が満足するならそれでいいではないか。

サチエはコーヒーを一口啜ると、ほっと息をついた。口の中に広がる苦みが、波立っていた気持ちを落ち着けてくれる。

「みっちゃん。また現場が終わるんだって。工事現場」

サチエは諦めたような笑みを浮かべながら、そう美津子に話しかけた。

「ここら辺もあらかた建物が建ったけえね。もう、新しく建てる場所がないくらい」

美津子は両手で包んだカップを口に当てたままカウンターの向こう側を見つめている。サチエがなにか言っても反応を示すことはほとんどない。だが、ちゃんと聞いてくれていることはわかっていた。それが美津子なのである。だからこそサチエは、美津子にだけは自分の素直な気持ちをぶつけることができるのだった。

「お店のお客さんは大工さんばっかりだったけえね。その大工さんたちがおらんようになったら、やっぱりしんどいわ」

広島駅から徒歩十五分という立地である。つい最近まで競うようにビルやら家やらが建てられていた。どうやらそのラッシュがひと段落つきそうなのである。近隣で働く大工は急激に減ってきている。

当然、ビルが建ったのだから会社勤めの人も増えるはずだった。それだけ、昼食を喫茶店で食べようとする人も多くなるという勘定になる。だが、路地を入った先、周りを一軒家に囲まれたサチエの店は目立たなかった。たまたま家がそれほど建っていなかった時代に大工の間で人気となり、店に大工の客がたくさん来るようになっただけで、立地は恵まれていない。人気が出たのはちょうど店を開店してすぐのことで、サチエにとってはおおいに助かったのだったが、一方で、大工が通う店というイメージがついてしまったことも事実である。朝と昼のかき入れ時は大工で溢れ返り、気の荒そうな男たちがひしめく店内は、他の客には近寄りがたさを抱かせたようであった。表の通りにビルが建ち並んだあとも、勤め人がサチエの店を利用することがほとんどないのは、そうしたイメージ的な部分も影響しているのかもしれなかった。背広の男たちは大通りに並ぶオシャレな店のほうを好んで利用した。サチエの店のようにほとんど食堂と言っていい雰囲気の店は、新しくできた飲食店と比べると、やはり近寄りがたさを放っているように見えてしまうらしい。新規の客はほとんどいなかった。

「まあ、愚痴ばっかり言っても始まらんけどね。うん、がんばらんといけんのんじゃけど、お弁当売るのも今日注意されたんよね。どうしようかねえ、みっちゃん」

美津子にサチエは弱々しく告げる。客が減ってきたことに危機感をあおられたのはひと月前だ。夫が死んで三か月。余裕があったはずの貯金がどんどん減っていき、このままでは家族が食べていけなくなるのではないかという焦りにとりつかれた。なにか始めなければならないと考え、すぐに思いついたのが弁当売りだったのである。

容器やかごなどあれこれと準備して、実際に行動に移すまで二週間かかった。だがそれからは順調に売れていくようになったのである。最初の方こそさっぱりだったが、最近では固定客もつきつつあった。そのようなときに、許可は得ているのかと注意を受けたのである。希望を抱きはじめていた分、前向きな気持ちは急速にしぼんでいくようだった。

(駅前の広場ではもう売ることはできん)

サチエは思う。思うと同時に、

(かあさんと同じだ)

自分の境遇と母の人生を重ねていた。ヤミ市で弁当を売り、それを注意された母は、転がるようにして死へと突き進んでいった。その母と同じ弁当売りをしていたことに気づいたサチエは、これから自分も深く暗い穴へ転がり落ちていくのではないかと身体中が冷えていくのを感じてしまう。

「おとうさんが生きとってくれたらねえ」

サチエのコーヒーを持つ手は震えている。知らず知らずのうちに涙が流れていたことに気づいた。

夫が死んだとき、ひとり隠れてあれほど泣いたのに、涙はけっして枯れることのない泉であるらしかった。娘の前では我慢しなければならないと思う反面、涙は次から次へと溢れてきて止まらない。

そんなサチエの手に美津子がさっと触れてきた。サチエは右手にコーヒーカップを持ち、左手をカウンターの上に置いていた。その左手に美津子が自分の手を乗せたのだ。視線は相変わらずカウンターの向こうに向けられたままである。

「みっちゃん……」

サチエはさらに涙をこぼしそうになったが、慌てて手のひらでまぶたを拭い天井に目を向けた。そして美津子を見返し、無理やり笑みを作る。

「ありがとう、みっちゃん。そうよね、がんばらんといけんよね。おとうさんがおらんのんじゃけ、おかあさんが、がんばらにゃいけん」

サチエが言うと、美津子は手を外し、コーヒーを飲んだ。ふわりと揺れる湯気の向こうで、かすかに美津子がうなずいたように見えた。それは、おそらく見間違いであろう。美津子は人の話にうなずくような娘ではないのだ。

それでもサチエは勇気を得た気がした。

(そうじゃ。私ががんばらにゃいけんのよ)

夫がいなくなった今、この子を守る人間は自分だけになってしまった。いや、この子だけでなく、次女のひとみもいる。子どもたちを守ることだけは絶対に諦めてはならない。

サチエはかたく心に決めた。

四

翌日からサチエは場所を変えて弁当を売りはじめた。広島駅から南に五分ほど歩いた通り沿いである。ほかにも魚の行商をしている人がいるし、ここなら文句を言われることはないだろうと判断した。

一応、弁当を売ろうと考えた四つ角のたばこ屋に、店の前で弁当を売ってもいいかと聞いたところ、店主は特に嫌な顔も浮かべず、

「ええよ。売りんさい」

と言ってくれた。

(やっぱり広島の人はええ人じゃ)

なぜだかサチエはそんなことに感動し、新しい場所ではきっとうまく売れるだろうという期待を抱くことができた。

だが、弁当はまったく売れなかった。駅の南側の通りにもビルは建ち並び、駅から会社まで人が歩いて通っているのに、それでもさっぱり売れないのだ。駅前と比べると人が少ないことが原因だろうとサチエは考えた。広島は基町や紙屋町といった広島城周辺が中心地として栄えており、広島駅付近はどちらかというとはずれに位置していた。通過点であるため駅前広場は多くの人でごった返すが、そこから離れると人の数はぐっと減るようである。人の数が少ないだけ弁当に興味を持ってくれる人も減ってしまうのは道理に合っていた。

結局、その日はひとつも売ることができなかった。十個用意してきた生姜焼き弁当をサチエは沈んだ瞳で見つめる。これで今日の昼と晩のおかずは生姜焼きで決まった。それでも親子三人では食べきれない。昼に定食を食べに来た客に、お土産として持たせるしかない。

「まだ、一日目だしね」

サチエは弁当のかごをかつぎながら自分を励ました。十個がそのまま残ったかごの重さに溜息を洩らしたくなるが、それでも気を引きしめて背中を伸ばす。

「明日も売れんかったらどうしようなんて思ったらいけん。おとうさんも言うとったじゃろ」

サチエは夫の弘和のことを思い出す。かつてサチエは夫の弘和に言われたことがあった。

「まだ起こっとらん先のことを考えて、怯えることほど馬鹿げたことはない」

サチエが、原子爆弾投下後に広島で暮らしていたことを伝えたときのことだ。結婚を申し込まれたサチエは、弘和に自分はいつ死ぬかわからないことを知っておいてもらいたいと思った。母のように急に苦しみ出して死ぬかもしれない。そうなれば弘和に迷惑をかけることになる。そのことを伝え、結婚は諦めてもらおうと考えていた。だが弘和はサチエから話を聞いてもまったく気にする素振りを見せなかったのである。

「人はいつか必ず死ぬ。でもそれがいつ訪れるかなんか誰にもわからん。ピカなんか関係ない。みんな一緒じゃ」

そう言ってサチエに結婚の意志を固めさせたのである。

弘和はサチエと同じ島で育った幼なじみだった。二歳年上の弘和は、島の人間の多くがそうであるように、大人になって船を仕事にした。石炭船である。炭鉱町付近の港に船で行き、石炭を積んで別の港に運ぶのだ。船の仕事である以上、家にいることは少なかった。一年の大半をサチエは弘和と離れて過ごすことになる。それでもサチエは不満を覚えたことはなかった。弘和の稼ぎがよかったことも理由のひとつである。船は海に出た分、金になったのだった。さらに、弘和は金を使わない男でもあった。多くの船乗りが陸に着くたび酒や女に金を浪費する中、弘和はひとり船に残って本を読んで過ごすことを好んだ。もともと本好きだったということも関係しているが、根がまじめだったことこそ最大の原因である。同僚の船乗りは弘和のことを堅物(かたぶつ)だとからかったが、サチエはそれを聞くたび、離れていても気持ちはここに残してくれているんだと感じることができた。だから、ひとりでも寂しさを感じることはなかった。

結婚から二年が経ち、美津子が生まれた。その美津子が生まれて三年が経過したとき、どうも知的障がいがありそうだということがわかった。医者から言い渡されたサチエは自分のことを呪うようになった。原爆の影響だろうと考えた。自分は子どもを産んではいけない人間だったのだと思った。そのように落ち込むサチエを弘和は声を荒げて怒鳴りつけたのである。

「お前が責任を感じたら美津子がかわいそうじゃろうが。美津子は俺たちの子として生まれてきてくれたんじゃ。美津子をかわいく思い、美津子の幸せを願ってやらんかい」

ピカのせいで自分は不幸を背負っているなんて絶対に考えるな、そう青筋立てて怒る弘和にサチエは涙を流しながら感謝した。さすがは難しい本をたくさん読んでいるだけはあるなと、そんなことも考えた。弘和が夫になってくれてよかったと心の底から思った。

そのころ、サチエは二番目の子を生んでいた。ひとみと名づけた娘は、夫に似たのか利発な子に育った。なんでもてきぱきとこなし、学校の成績もよかった。サチエはひとみを頼りに思いながらも、相変わらず家に帰ってくることの少ない弘和の分も、娘たちに愛情を注いで過ごして来たのである。

その後弘和は、自分の船を持って船長となり、家族と一緒に過ごす時間は今まで以上に減っていった。それはひとみが生まれて一年後のことだったが、その代わり、かつてサチエの祖父が病院を開いていた場所――。戦後、サチエと母が小屋を建てて住んでいた場所の近くに家を借りて、一家で広島に引っ越して来た。広島に住むことはサチエの中でひとつの果たすべき使命のようなものになっていた。なんとなく、家族ができたら広島に住まなければならないと信じて疑わなかった。その思いは信仰に近いほど強いものだった。

母がしたかったこと。

ピカで死んだ友人がやりたかったこと。

それらを自分が代わりにやらなければならないのだと思っていた。だからこそ家族と住むのは広島でなければならなかったのだ。母も友人も広島で暮らし続けたいと願っていたに違いないからである。

その思いを夫に告げると、弘和は、

「家庭はお前に任せっぱなしじゃけ、好きにすればええ」

引っ越しを了解してくれた。港から離れて不便になることに関してはひとことも口にしなかった。

口数が少なく優しい人だったのである。

こうして広島で暮らしはじめたのだったが、八年後にサチエは喫茶店を開くことになる。理由は美津子をそばで見るためだった。

小学校六年生になった美津子は学校で級友からいやがらせを受けるようになった。そのことを学校に訴えても、らちがあかないことを並べたてられるばかりで、それならばいっそのこととサチエは美津子を自分で見ることを決めたのである。

こうして美津子と一日中一緒に過ごすという暮らしが始まったのだったが、娘とずっと家にいるうち、サチエは次第に不安を感じるようになっていった。

このまま家族以外の誰とも触れ合うことなく美津子は大人になってしまうのではないか、そう思った。それが美津子のためにならないことは考えるまでもなかった。悩んだサチエは、喫茶店を始めることを思いついたのである。

喫茶店であれば客が来る。客はほとんどが大人で、美津子と友だちになることはけっしてないだろうが、それでも誰かと触れ合うことは美津子にとっていい刺激になるのではないかと思った。幸い美津子は大人しい子である。暴れまわることもなく、絵を描いていれば何時間でも一つの場所に座っていられる。サチエは自分が料理好きだということもあって、喫茶店を開くというアイディアに惹かれた。

そのことを弘和に相談すると家の近くに手ごろな土地を探し出してきてくれた。当時はまだ周りが空き地ばかりで、そこで喫茶店を開けば物珍しさもあって客が来るだろうと思えた。それに、大通りに面していない方がよいと、そのときのサチエと弘和は考えたのである。客が多く来過ぎたら、サチエが店にかかりっきりになり美津子の面倒を見るという本来の目的が果たされなくなる。程よく客が来て、赤字が膨らまない程度に、楽しみながら喫茶店のおばちゃんをつとめられる状況こそサチエは理想だと考えていたのだ。

だが二人の思いとは裏腹に、サチエの喫茶店は繁盛した。もともとがもうけを目的としていない分、サチエの料理は材料費を気にせずサチエの好きなように作れた。それがうまいと評判を呼んで客がつめかけるようになったのである。量も多いため現場で汗を流す大工に好まれた。メニューは日替わりで一品だけだったが、昼食時はいつも満員で賑わうようになった。サチエは当初の目論見とは違っても、毎日に充足感を抱きながら喫茶店のおばちゃんとして過ごすようになる。美津子も美津子で慌ただしい店内にありながらもカウンターの隅に居場所を見つけ、客に声をかけられたりしながらも、黙々と絵を描いて過ごすことを楽しんでいるようだった。サチエと美津子は喫茶店の中で自分の好きなことをして自分らしく過ごすことができていた。

だが、そんな状況がいつまでも続くことはなかった。四か月前、弘和が突然死んだのである。

半年を越える仕事に出ていた先で倒れ、そのままあっけなく逝った。あとから聞いた話によると、弘和はサチエたちに自分が病気であることを秘密にしていたようなのである。サチエに心配をかけまいと気をつかったらしかった。いや、あるいは病が治ると本気で信じていたのかもしれない。病を治し、サチエたちのもとに帰ってこようと弘和は考えていたのである。どちらも弘和ならありそうなことだった。弘和はいつもサチエたちを心の深くで愛し、遠くに居ながらも思い続けてくれていた。病に打ち勝ち、何食わぬ顔して家族のもとに戻ってこようと、弘和はそう考えていたのだ。

弘和が死んだことでサチエの暮らしは一変した。弘和は多額の金を銀行に残していたが、サチエは、

（これは美津子が大人になったときのためのものだ。私が働けなくなったときのために取っておかなければいけん）

そう考えて、万が一のとき以外は使わないと決めた。自分は原爆症でいつ死ぬかわからなかった。お金は一円でも多く残しておいたほうがよいに決まっていた。

弘和が死んだことで、サチエは自らの手で稼がなければならないことを悟った。だが、ちょうど売り上げが落ちたときでもあったのである。サチエは夫の死を数日嘆いてからは、すぐに喫茶店に出て働きはじめた。そしてひと月前、少しでも稼ぎを多くするために弁当売りを思い付いて広島駅前で売

り、注意を受けてからは場所を変え、一日も置かずに今日、再開したのである。しかし、弁当はひとつも売れなかった。

「明日はきっと買ってくれるよ」

サチエは弁当の入ったかごを背に喫茶店に帰りながら、わざと明るい声を出した。自分で自分を励まさなければやっていられなかった。そうしなければ不安で押しつぶされそうになってしまう。

家のことは次女のひとみが片づけてくれているはずだった。夏休みが終わって新学期が始まっても、ひとみは中学校へ行く前に洗濯を行い、美津子に着替えをさせて、それから一階の喫茶店に連れて来ることを続けてくれている。

(ひとみにも本当に助けられとるね)

サチエはしみじみ思う。そのひとみの献身に報いるためにも、なんとか娘たちを育てていくぐらいは稼がなければならなかった。思いつく限りのことはすべてやり切るのだ。サチエは遠くに見えはじめた緑の看板を目指しながら大きく息を吐き出した。

五

午後の店内は比較的ゆっくりとした時間が流れる。現場の男たちが来ることはなく、近くに暮らす高齢者や主婦が来てコーヒーを飲んで帰る程度だ。このコーヒーがあるためにサチエの店は喫茶店を名乗ることができていた。

店でコーヒーを出すことは弘和による考えだった。サチエは最初、食堂を作ろうと思っていたのだ。それを弘和が、

「俺がコーヒー豆を仕入れちゃる」

と言って神戸のとある会社に手紙を送り、その後、直接会いに行って話をまとめてきたのである。

弘和は船での暮らしの中で、コーヒーを飲んで過ごす時間をなにより楽しみにしているらしかった。日本全国を回り、各地でコーヒーを買っては自分の安らぎに合う一杯を探し求めた。その弘和が、これはうまいとうなったのが神戸で買ったコーヒーなのだそうである。それをサチエの店に入れることを決めた。弘和に勧められて一杯飲んだサチエは確かにおいしいと思った。飲み慣れていないサチエでさえ、思わず、

「うわあ、おいしい」

と洩らしてしまったほどなのである。焦りや苛立ちをしずめてくれるような、しんみりと味わい深いコーヒーだと思った。

そのコーヒーは弘和が死んだあとも、サチエの店に継続して入れてくれている。今までは弘和が仕事のついでに神戸に寄って買ってきていたのだが、弘和が死んでからは、

「船長には、ほんまに世話になりましてん」

と社長がわざわざ広島まで来て、取り引きを約束してくれた。陸路なのか、海路なのか、どのようなルートで運ばれてくるのかサチエにはわからなかったが、それでも弘和が愛したコーヒーはサチエの店で出され続けることが決まり、今も客たちに落ち着きを届けてくれている。

「ただいま」

店のガラスドアが開いて、セーラー服の少女が入って来た。次女のひとみである。中学に入って一年半。オシャレに関心を持ちはじめているのか、くしでとかした黒髪を真ん中でわけて額をのぞかせている。

(そんなことする時間がどこにあるんよ)

サチエは思うが、声に出して言うことはない。小言を言えば、冷めた目で応じられるだけだとわかっているからだ。思春期を迎えたひとみは、母であるサチエとあからさまに距離を空けようとしている。それは弘和が死んでさらに際立ちはじめたようだ。ここのところ、最低限の会話しか交わしていない。

「おかえり、ひとみ」

カウンターの内側からサチエが声をかけても、

「ん」

ひとみは無愛想な返事をするだけだ。

「ひとみ、洗濯物お願いね。さっき帰ったお客さん、夕方は雨かもしれんって言っとった」

サチエが明るく言うと、ひとみは一瞬鋭いまなざしを向けたあと、

「ん」

同じ返事をくり返した。

（おお、こわ）

サチエは思う。どうして親にそんな目をすることができるんだろう。あなたたちのためにどれだけ一生懸命働いているかが目に映らないのだろうか。そう思うが、当然、言葉にすることはない。その代わりサチエは大げさに手を叩いて先ほどよりも声のトーンを高くして語りはじめた。

「そういえば今朝、新しい場所で五個も売れたんよ。五個よ、五個。これから、もっと増えるはずよ。希望が持ててきたわ」

「そう」

「駅前で売っとったときに何回も買ってくれたお客さんがおってね。その人なんか、わざわざ遠回りして買いに来てくれたんよ。おばちゃんの弁当うまいけえって言ってくれてね。朝の忙しい時間なのに、足を引きずって、わざわざ。その人、足ケガしとるんよ。それなのにねえ。ありがたい話じゃねえ」

「ふうん」

「おかあさん、お弁当にお店の案内チラシをつけようと思っとるんよ。駅から歩いて通勤しとるってことは、ここら辺で勤めとるかもしれんってことじゃろ？　チラシ見て同僚の人でも連れて来てくれたら、お客さんも前みたいに増えるかもしれん。ちょっとわかりづらい所に建っとるけえね。積極的

に宣伝していかんといけんって、そう思っとるんよ」

「あ、そう」

ひとみは感情のこもっていない声で告げると、カウンターの隅で絵を描いている美津子のもとに行き、

「おねえちゃん、上行くよ」

と声をかけた。ひとみに接近されて、美津子がさっと画用紙の上に身体をかぶせる。

「誰も見たいなんて思っとらんよ。さ、行こ」

ひとみが面倒くさそうに言い、美津子はそれで納得したのか、緩慢な動作で画用紙やら筆記具やらを片づけ、妹に手を引かれて奥の階段へと向かっていった。

「六時になったら、ご飯食べに下りて来るんよ」

薄暗い階段に向かってサチエが声をかけるが返事はない。二人分の足音が階段をぎしぎしときしませながら上っていくだけだ。サチエは音のする天井を見上げてそっと息を洩らす。ひとみと話をするとき、かすかに緊張を覚えるようになったのはいつからだろう、そんなことを考える。いつまでも子どものままの美津子とは違って、ひとみはなんでもひとりでこなす子に育っている。性格も大人びていて、サチエでは考えられないような冷静なものの見方をする。だからこそ、いつしかサチエもひとみを対等に扱うようになってしまったのである。中学生の娘にそのような態度を取ってしまう自分を悪いと思いながらも、ついやってしまわずにはいられない。そして、ひとみにそっけなく応じられると、サチエは怒りを覚えてしまうのである。サチエもいっぱいいっぱいになっているのだ。とにかく、そうしたことが重なって、弘和が死んでからというもの、ひとみとの間には緊張状態が生まれるようになっていた。

それでも、ひとみが帰って来たことで、あとはひとみに任せればいいという安心感を抱いているのも事実である。親子関係には隔たりが生まれつつあったが、ひとみは言いつけられた家事をきちんとこなし続けてくれている。

（心根は優しい子なんよね）

そのことをサチエは知っている。だから結局は頼ることになってしまうのだ。

夕方の五時以降は美津子は部屋にこもって絵を描き、ひとみは洗濯物の片づけやら風呂の準備をしたあと本を読んで過ごすことが常となっていた。そしてサチエはというと、夜の店のための準備に取りかかるのである。

弘和が生きていたころは、店は午後五時に終わっていた。それから家事をこなしたりしながら家族との団欒を持つのだったが、自分ひとりで稼がなければならないとなったときから夜も店を開けることを決めた。仕事が終わった大工たちが寄って帰ってくれるかもしれないと考えたのである。そのため、夜のメニューは昼とは違うものにした。一日の疲れを抱えた状態で来店するのだから、メニューを増やして好きなものを選べるようにしてあげたいと思った。そうして始めた夜の営業だったが昼ほど賑わうことはなかった。皆、家に帰ってのんびりしたいのであろう。夜の喫茶店は、支度に手間がかかる割には実入りが少なかった。

（お酒を出してみようかね）

サチエは考える。そうすれば、客は増えるかもしれなかった。二階が自宅になっているため、遅くまで店を騒がしくはしたくなかったが背に腹は代えられない。とにかく思いついたことは、なんでもやってみなければならないのだ。

（朝の弁当も売れるようになってきたしね）

ここのところ、サチエは少しだけ自信を回復している。場所を移してから十日。まったく売れなかった弁当が三日前に初めて買ってもらえた。そこから少しずつ客が来るようになったのは、最初の客が呼び水になったのかもしれない。先ほどひとみに話をした足をケガした客などは、サチエがどこかで弁当を売っていないかと聞いて回り、わざわざ探し出してくれたそうである。そうまでして求めてくれていることにサチエの胸は震えた。もっともっとがんばろうという気でいっぱいになる。同時に、

（よいほうに転がった）

その思いがサチエの中に芽生えつつあった。一度よい方に転がりはじめてしまえば、そこからは比較的スムーズに転がっていってくれるだろう。それは雪だるまのように、よいことをくっつけながら膨らんでいくのだ。それが、サチエの人生に対する考え方であった。落ち込みそうになったとき、なにごとも前向きに考えようと努力する癖をサチエはいつからか習慣にしてきたのである。それはひょっとすると母の影響かもしれなかった。母も、最後の数年は無気力に過ごしたが、それまではなんでも前向きに考えようとする芯の強い性格をしていたのだ。

（とりあえず、十個じゃね。十個売れれば、もっと買ってくれるようになる）

サチエは胸を叩いた。そう気持ちを励ましながらも、二人しか客がいない夕暮れの店内を見回して、

（夜の料理に取りかからんとね）

疲れたように冷蔵庫に手をかけた。

六

朝の日差しを受けながら通勤客が早足に歩く。その中にサチエのよく通る声が響き渡る。

「いらっしゃい。だいぶ涼しくなってきましたね」

「おばちゃん、今日のおかずなに？」

「今日は豚肉とキャベツの味噌(みそ)炒め、スパゲッティに、ほうれん草の胡麻和(ごまあ)えとポテトサラダ。味噌炒めの味噌には唐辛子を混ぜとりますけえ、眠気が覚めて午後もお仕事がんばれると思いますよ」

「ほうれん草か……」

「苦手ですか？　苦手なら、ぜひ食べてみてください。しっかりあく抜きしとりますけえ、きっと気に入ってくれるはずです」

「おばちゃんの料理うまいけ、食べれるかもしれん。一個ちょうだい」

「ありがとうございます。仕事も色々挑戦してみてくださいね」

「俺のは挑戦するような仕事じゃないけどね。でも、まあ、がんばってみるわ」

「また、よろしくお願いします」

サチエが頭を下げると、若い男は弁当をかかげて通りを去っていった。見送るまでもなく、次の客が目の前に立つ。

「一ついいですか？」

「ありがとうございます。今日のおかずは……」

「さっき聞こえました。好物ばっかりです」

「それはよかった」

客は今、三人待っている。少し前まではひとつも売れなかった弁当に列ができているのだ。やはりよいほうに転がりはじめたのだとサチエは思う。客に弁当を手渡すサチエの声は弾んでいる。

三十分ほどですべてが売り切れた。十五個だ。日数はかかったが駅前で売っていたころと同じぐらい売れるようになっている。その売れ行きは、これからもっと増えていくだろう。サチエの弁当売りはこのたばこ屋の前で定着しつつあるようだ。

弁当販売に客がついてすぐ、店の方にも変化があらわれるようになった。大工ばかりだった昼の営業時間に、背広を着た客が訪れるようになったのだ。といっても、何人も来てくれるわけではない。今のところ、決まって来店してくれるのは一人だけだ。正午過ぎに訪れるその中年男性は、最初、何回か一人で通っていたが、そのうち、別の背広姿の男を連れて来るようになった。奇妙なのは、日によって連れて来る相手が違うことである。一度などは五人ほどを引き連れて来店してくれたことがある。今まで、大工でいっぱいになっていた店に、背広の男たちが並んでいる光景はサチエには異質に映った。異質だったが、ある意味新鮮で、その新鮮さが明るい未来を予感させてくれた。

(たしかにお客さんは減ったけど……)

サチエは思う。大工の客はやはり減っている。あの腹の突き出た大工も家の完成祝いをやってからは訪れることがなくなった。だからこそ背広姿のお客さんが来ても、待たせることなく席に案内することができるのだ。だが、その背広姿の男たちこそ、新たな客を引き込んでくれるに違いないとサチエは信じている。それは背広の男たちがいるだけで、食堂のような店内の印象ががらりと変わってしまうからかもしれなかった。イメージを膨らませやすいのだ。昼時に定食を食べる背広姿の客たちでサチエの店が埋め尽くされる日も、そう遠くはないうちに訪れる、そんな気がしてならないのだった。

サチエは以前ほど悩むことがなくなった。希望が、光を吸った若葉のようにグングン育っていることに気づく。それだけに、きっかけとなった、最初に来店してくれた背広の男に対しては並々ならぬ親近感を抱いてしまう。男が静かな口調で、いくぶん冷めたように話しかけてきても愛想よく答えずにはいられない。

男の質問は、

「メニューを増やすことはできるか」

や、

「コーヒーはどこから仕入れているのか」

といった、聞いてどうするのかと思うようなことばかりだった。だがサチエは、

(背広を着とるだけあってまじめな話が好きなんじゃろう)

と解釈し、隠すことなくすべて伝えているのである。

「メニューは、定番のものなら増やすことはできますよ。ただし従業員を雇えた場合に限りますがね」

「コーヒーは、神戸の会社から仕入れとります。どのような豆がどのように混ざっとるかは私にもわかりません。ただ、サイフォンの扱いだけは自信がありますよ。しっかりと教えこまれましたけ」

聞かれてもいないことまで答えるのであった。サチエの中には、男の期待に応えたいという思いが

溢れている。店に知り合いを何人も連れて来てくれるに違いないのだ。夢を見させてくれる恩人のように思っている。そんな男に、サチエはなにかしらお返しをしなければという気持ちを抱かずにはいられなくなっているのだった。

「明日は、二十個に挑戦じゃ」

ひとり呟きながら、サチエが鼻歌まじりに弁当かごを片づけはじめたときである。ふと顔を上げたサチエは、通りをこちらに向かって来る数人の人影を見つけた。なんとなく気になって目を細めたサチエは、途端に眉を寄せて顔をしかめる。その中の一人に見覚えがあったのだ。

(あの人じゃ)

紺色の制服を着た男。つば付きの平べったい帽子をかぶっているが、その帽子の前立てには赤いラインが入っていた。そのことが遠目にも認識できた。

駅前広場でサチエに、許可を取っているかと声をかけてきた中年男で間違いなかった。サチエの売り場を駅前広場から変更させた、あの威丈高(いたけだか)な男である。

「なんで、あの人が来るんね」

ぶつくさ言いながらも、サチエは片づけを急いだ。あの日も十五個売れた日に赤いラインに金線の帽子をかぶってやって来た。そして今日も初めて十五個売れた瞬間にあらわれたのである。その偶然の一致に、サチエは再び同じことが繰り返されるのではないかという漠とした不安を覚えた。

(ここも許可がいるんね?)

背後のたばこ屋を振り返ったが店はまだ開いていなかった。ひょっとすると、たばこ屋の店主の他にも許可を取らなければならない相手がいたのかもしれない。もしそうなのであれば、サチエが許可を取らずに販売をしたのは二回目だ。

(捕まったら帰れなくなる)

本能的に思った。一回目は見逃してくれたが、二回目はそういうわけにはいかなくなるだろう。きっと本気で捕まえようとしてくるはずだ。今、自分が帰れなくなったら、美津子が朝の店でひとりぼっちになってしまう。ひとみが学校に行ってからは、美津子はひとりで店のカウンターに座ってサチエを待っているのだ。サチエがいつまでも帰らなければ、恐怖を覚えて泣き出すかもしれない。いや、サチエを探そうと家から飛び出してしまうことも考えられる。そうなれば大変だ。近所ならまだしも、駅の方まで歩いて行ったら美津子は方向がわからなくなる。ひとりで駅まで行ったことがないのだ。美津子はどこになにがあるかわからないままさまよい歩き、きっと迷子になることだろう。そうなれば、人も建物も急速に増えた広島で美津子を見つけることは難しくなる。

（おおごとじゃ）

サチエはかごを背負うと、後ろを振り返ることもせず走り出した。なんとしても捕まるわけにはいかない、そう思った。美津子を不安で怯えさせてはならない。

「あ、ちょっと。待ってください……」

男たちから声が上がる。どたどたと駆けて来る靴音が耳に飛び込んで来る。サチエはその音から逃がれるように懸命に走った。走りながら、

（やっぱり、かあさんとおんなじじゃ）

ヤミ市から連れて行かれる母を思い出したり、

（みっちゃん、今、帰るけえね）

とカウンターの端に座る美津子を思い描いたり、自分でもなにを考えているかわからなくなってしまった。ただそうやって無我夢中で走りながらも、一つだけある感情が膨らんでいることに気づいた。

限界である。

（もう無理じゃ。弘和さんなしじゃ、これ以上、どうすることもできん）

そう思ったが、サチエは、とにかく今は店に帰らなければならないと、息をあえがせながら走り続けたのである。

七

足をもつれさせながら店内に転がり込んだサチエは、すぐに違和感を覚えて立ちすくんだ。息を整えることも忘れてぼそりと呟く。

「みっちゃん……？」

店はがらんとしていた。朝の光が帯のように差し込む店内は、音を立てるのもはばかられるほど静まり返っている。毎日この場所で働いているくせに、なぜだか初めて来た場所のように感じられた。その理由はいたって簡単である。いつもいるべき場所にいるべき人がいないのだ。

「みっちゃん、どこ……？」

サチエはふらふらと店内を進むと、カウンターの隅に手を置いた。ここに座っているはずの美津子がいない。サチエが弁当の販売から帰ってきたときは、いつもここで絵を描いていたのだ。

カウンターのひんやりとした手触りに、サチエは血の気が引いていくのを覚えた。

（まさか店の外に……）

先ほど脳裏に描いた映像が蘇ってくる。美津子は町の中をさまよい泣いている。道がわからなくなり、おかあさんと呼びながら、あてもなく歩いている。

「みっちゃん！」

サチエは叫んだ。そのときである。ことりという音が聞こえた。階上の部屋からである。サチエは咄嗟に天井を見上げた。二階の自宅に誰かいるようだ。

「みっちゃん！」

サチエは奥の階段に向かい、どたどたと駆け上がった。そのままの勢いで、部屋に飛び込む。

瞬間、サチエは茫然と立ち尽くした。想像していなかった光景が目の前に広がっていたのだ。

畳の床に何枚もの紙が散らばっている。大きさからして画用紙だろう。その画用紙に囲まれて二人の少女が座り込んでいた。

ひとみと美津子だ。

ひとみは膝をついて顔を両手で覆い、美津子は妹の背中に手を添えている。泣きじゃくるひとみを美津子が励まし、さすっているようだった。

「……なにしとるの？」

声をかけると、ひとみが、サチエをきっと見返してそばの座布団を投げつけてきた。

「ちょっと、なによ！」

顔に飛んできた座布団をふせいだサチエは、怒りにかられて、そう声を張り上げた。心配して気がおかしくなりそうになっていたというのに、見つけてみればなんてことをしてくるのだ。そんなサチエの甲高い声を聞き、ひとみが激昂したように怒鳴り返してきた。

「なんで、私の冬服がないんよ！」

「冬服？」

「昨日で衣替え期間終わりって言っとったじゃん！　学校行けんじゃん！」

言われてサチエは、はっと口に手を当てた。

(忘れとった)

一週間ぐらい前、ひとみから制服の冬服を出してくれと言われていたのだ。それをサチエは忙しさにかまけて後回しにしていた。出そう出そうと思いながらも、一日中店に立ち続けた疲れを言い訳に、冬服を出すことを一日延ばしにしてきたのだった。

そのことをひとみは怒っているのである。サチエをにらみつけるひとみは、それでも一度は学校に行こうと思ったらしく夏用のセーラー服を着ていた。

「そんなこと言ったって……」

サチエはしかし、顔を真っ赤にする次女に、懺悔よりも先に、我を忘れてしまうほどの怒りを覚えてしまった。

「おかあさんは忙しいんよ！　おとうさんが死んで、おかあさんが働かんと、あんたたち食べていけんのよ！　みっちゃんのことだって見にゃいけんの、わかる？　全部、おかあさんがやっとるんよ」

「わかっとるよ。わかっとる！」

「あんたも少しは考えんさいよ。冬服なんて、押し入れにしまっとるでしょ。そのぐらい考えてよ」

「おかあさん、出しとくって言ったじゃん！」

「忙しいって言ったでしょ！　あれもこれもやらにゃいけんの！　あんた今、何歳なん？」

「なんで私ばっかり我慢せにゃいけんのん！　おねえちゃんはなにもせんでも、みっちゃん、みっちゃんって大事にされるくせに……。私だって、好きなことしたいよ！」

「みっちゃんとひとみは違うでしょ。みっちゃんは……」

「おねえちゃんだけ自分の娘にすればいいじゃん！　もう私にかまわんとって！　おねえちゃんのことも家のことも私知らんけえ！」

「なに言ってんの！」

　かっとなったサチエはひとみの腕を掴んだ。ひとみを立ち上がらせて怒鳴りつけようとしたのだったが、口を開くより先に娘に両手で突き飛ばされて尻もちをついてしまった。サチエは痛みに顔を歪めたが、目を上げた途端青ざめた。

　ひとみが憤怒(ふんぬ)の形相(ぎょうそう)で見下ろしていた。生まれてから今日まで、次女がひそかに抱え続けてきた痛みが、その顔にあらわれている気がした。

（娘になんて顔をさせとるんよ）

　サチエはすぐに後悔する。後悔すると同時に、自分を激しく憎む。

「もう、ほんまに嫌！」

　ひとみは拳を握って叫び、背を向けた。階段をばたばたと駆けおり、店のガラスドアが開き、それが荒々しく閉まる。その音をサチエは黙って聞いた。走り去る娘を止めることができなかった。なにかが壊れてしまったのを感じた。サチエは、先ほどのひとみと同じように、両手で顔を覆って、

「う、う……」

と声を洩らしはじめた。

(なんでこうなるん)

嗚咽(おえつ)を飲み込みながらサチエは思う。なんとか持ちこたえさせようとしてきたけど、今、ついに壊れてしまった。店も、弁当売りも、家族も。すべて終わりだ。

「う、うう……」

涙を飲み込むサチエは、

(あれ?)

顔を手で覆ったまま胸の内で思った。

確か今日、私はよい方向に転がりはじめていると考えたのではなかったか?

弁当が再び売れはじめたあの日からそうだった。サチエは自分の人生がよい方向に転がりだし、これから雪だるまのようによいことがたくさんくっついてくると、そう信じたはずだった。焦りと不安だらけの毎日の中に、小さな希望を見つけ、それはどんどん育っていくのだと、そう考えた。

だがそれは、サチエの思い違いだったようである。

(反対側に転がっとったんじゃ)

よい方向に転がっていたのではなく、悪い方向に転がっていたのである。そして、サチエの人生という玉は、やはり悪いことをくっつけながら膨らんでいたようであった。

ひとみから見放されたことも、弁当販売が目をつけられたことも、その悪いことの一つだろうとサチエは思う。

いや、それだけではない。

弘和が死んだことも、美津子が障がいを持って生まれたことも、祖父母の家で肩身のせまい思いをしたことも、母が苦しんで死んだことも、その悪いことの一つなのだ。振り返ってみれば、自分の人生はほかの人がけっして経験しないような悪いことだらけだったではないか。悪いことを経験するための人生だ。

では、悪い方向へ転がりはじめたのはいったいいつからだったのだろうとサチエは考える。

そんなサチエの脳裏に、不意にある光景が浮かんでくる。

一面に広がる焼け野原。

原子爆弾が落ちて、一瞬のうちに灰色の町に変わった広島である。サチエが瓦礫（がれき）まみれの広島に立ったのは、それから二十日後のことだったけど、それでもあの日なのだとサチエは思う。あの日こそ、自分の人生が変わる境い目になったのだ。

原子爆弾が広島に落ちていなければ、サチエは祖父母の病院で明るい毎日を送り続けていたに違いない。優しい祖父母と働き者の母に囲まれて、苦しみにあえぐことなく笑って過ごしていたに違いない。ヤミ市で弁当売りなどせずに済んだに違いない。母を失わずに済んだに違いない。

（すべてあの日から始まったんじゃ）

全部ピカのせいじゃ。

途端にサチエの中で怒りが湧き起こった。身体の奥から奥から溢れてきて止まらない、どす黒い怒りである。

（ピカめっ……）

サチエは原爆を激しく憎んだ。

原爆を落としたアメリカを激しく憎んだ。

アメリカと戦った日本を激しく憎んだ。

戦争を、激しく憎んだ。

（なんで私がこんな目に遭わにゃいけんのよ）

だが憎んだところでどうすることもできないのだった。憎しみを背負いながら、苦しみだらけの人生を生き続けるしかない。サチエは、三十年前の八月六日というあの日から、呪われた人生を生き続けることを宿命づけられてきたようであった。

サチエは顔を覆って泣き崩れた。なにが悲しくて、なにが悔しくて泣いているのかわからなかった。ただあまりに虚しくて涙が溢れた。自分という人間は、いつかの焼け野原のように、なにもない空虚な人間だったのだと思った。

「おかあさん、大丈夫？」

サチエの背中に手が触れた。それが上下に動いてゆっくりさすってくる。目を見開いたサチエは、顔を上げ、そっと後ろを振り返った。

「みっちゃん……」

美津子だった。美津子が首をかしげながら、サチエの背中をさすっている。手を規則的に動かしながら、それでも確かにさすってくれている。

「ごめんね、おかあさん。ごめんね」

美津子が無表情のまま言う。

「悪くない……」

サチエは目を見開いたまま首を振った。

「みっちゃんは悪くない。おかあさんが全部悪いんよ」

原爆に対する憎しみが一瞬にして吹き飛んだ。サチエの胸は娘へのいつくしみで満たされる。サチエは美津子に腕を伸ばすと、力いっぱい抱きしめた。きつくきつく抱きしめて顔を肩に押し付ける。このぬくもりを手放すまいと、それだけを強く思う。

そんなサチエに美津子は言う。

「私が悪かったの。私がひとみちゃんに絵を見てって言ったけ、ひとみちゃん怒ったの」

「絵？」

サチエは美津子を離し、正面から見つめた。美津子がこくりとうなずく。

「絵ができたけ、見てもらおうと思ったの。ひとみちゃん、たんすを探したり、押し入れを探したりで忙しかったけど、そんなときに私が見てって言ったけ、ひとみちゃん怒ったの」

サチエは辺りを見回した。畳の上に彩り豊かな画用紙が散らばっている。美津子がずっと描いてきた絵が床を埋め尽くしているのだ。

「完成したん？」

娘に聞くと、美津子はサチエから離れて、床の画用紙を拾いはじめた。

「これとこれ。それから、これとこれでしょ」

淡々と画用紙を集める美津子は、すべてを拾い終えると、サチエに、

「はい」

と差し出してきた。

「おかあさんも見て」

渡されて、サチエは画用紙を見つめる。ひとつずつめくりながら、

「これって……」

言葉を失った。

絵は二枚で一組になっていた。一枚目は鉛筆で描いたスケッチ。かつて美津子がよく描いた、写真のように精緻なスケッチだ。そして、それをめくると、同じ構図の絵が出てくる。サチエにはなにを描いているかわからなかった、一本一本の線が太くて、くねくねと曲がりくねった極彩色の絵だ。

あとの一枚だけを見せられていたらサチエはなんの絵だかわからなかっただろう。実際、カウンターで描いている美津子の絵を何度かのぞき見したことがあったが、そのときは、なにを描いているのか

はわからなかった。

だが、今、二つを見比べてみると、美津子がなにを描いていたかがわかる。

「これが、これなん?」

サチエがスケッチと極彩色の絵をかかげると、美津子は無表情のままうなずいた。

「みんなを描いてくれとったん?」

サチエは美津子の残りの絵を次々とめくっていく。一枚目はスケッチ。そのあとに線の太い絵が続いている。めくるたび、サチエは胸の奥が締め付けられるのを感じた。喉元に熱いものが込み上げてくる。

(私たちじゃ……)

絵の中に家族がいた。

美津子のスケッチは弘和とサチエと美津子とひとみ、それぞれが描かれたものだった。一人で描かれているものもあれば、夫婦で、そして姉妹で描かれているものもある。もちろん親子で描かれているものもあった。どれも絵の中から柔らかい空気が漂ってくるような精密なスケッチだ。

そのスケッチをめくって、同じ構図の色のついた絵を見ると、サチエはあまりの迫力に圧倒されてしまう。

(こんなにも胸に迫ってくる絵があるのだろうか)

絵とは思えなかった。絵の中の自分たちはまるで生きているようだ。話し声、息づかい、そして、それぞれの心の声までが聞こえてくるように思えた。

絵の中のサチエたちは言っている。

「幸せじゃねぇ。あぁ、幸せじゃ」

美津子の絵は幸せで満たされていた。幸せが絵の中から放たれているのだ。

家族がいる幸せ。

今日を生きられる幸せ。

それが絵から溢れ出ている。

(みっちゃんは……。こんなふうに私たちを見てくれとったんじゃ)

サチエは最後の二枚を両手で持った。見つめているうち、視界が滲んでうまく見ることができなくなってしまう。

サチエが手にした絵には、四人が並んで描かれていた。弘和も美津子もひとみも、もちろんサチエも……。四人が四人とも明るい表情で、絵のこちら側に満面の笑みを投げかけている。

「みっちゃん……」

サチエは美津子に抱きついた。

「みっちゃん……。みっちゃん……」

声を震わせるサチエの背中を美津子が再びさする。それでサチエはこらえられなくなってしまう。

声を上げて子どものように泣きじゃくる。

(幸せだったのだ)

しゃくり上げながらも、サチエは思う。

私たちは幸せだったのだ。

それだけは間違いのない事実だ。

苦しいこともたくさんあったけど、それ以上の幸せがあった。

その事実に目を向ければ、過去も、今も、未来も変わって見えてくる。

(そうだ)

サチエは思う。

それこそが私の人生だったんだ!

幸せな日々。

幸せに囲まれた日々。

それが私の人生だ。

私は幸せを感じながら生きてきたのだ。

そう思ったサチエは、唐突に自分の内側で新たな思いが芽生えていることに気づいた。

（そうよ。私は幸せにならにゃいけんのよ）

確信ともいえる、強い決意である。

幸せにならなければならない。

私はそうなる使命を課せられている。

それが、あの瓦礫の町を経験した私が背負うべき宿命だったのだ。

一生背負っていかなければならない使命なのだ。

サチエは目を見開いた。途端に、弘和が言った言葉が胸の中に蘇ってくる。

「ピカのせいで自分は不幸を背負っているなんて絶対に考えるな」

美津子が知的障がいだと知ったとき、嘆くサチエを弘和は叱咤したのだ。

その通りだとサチエは思う。

ピカのせいで不幸になったと思ったら、私はピカに敗けたことになる。

あれほど憎いピカに私は敗けたことになる。

それだけは絶対にあってはならないことだ。

なんとしても敗けてはならない。

どんなことがあっても敗けてなるものか。

そのために、私は幸せになるのだ。

幸せだと思って毎日を生きてやるのだ。

辛いことがあっても、悔しいことがあっても、それでも前を向き、幸せを求め続けてやる。

そうすることで私はピカに勝つのだ。

（この広島のように……）

一度破壊しつくされた広島にこれだけの建物が建ったように、一度破壊し尽くされた私の人生も破壊されたままではけっして終わらない。

私が幸せになることで、広島に暮らす一人の人間として原子爆弾に勝ってみせるのだ。

（それが私の生きる道じゃ）

サチエは、自分を縛り続けてきた呪縛から解き放たれたことを直感的に悟った。原爆の後遺症など、もう怖れている場合じゃない。

一歩ずつ幸せに向かって突き進む。

そう決意するサチエの胸から美津子がもぞもぞと顔を出してきた。大きく息を吐き出した美津子は、呼吸を早めながら胸を押さえる。

「はあ苦しかった。息できんかったよ、おかあさん」

サチエは目を丸くし、そして微笑んだ。美津子の頭に手を置き、ごめんね、みっちゃんと言う。美津子はサチエを見上げたあと、首をかしげながら部屋を見渡した。

「それにしてもひとみちゃん。カバン忘れとるけど、学校大丈夫かね？」

美津子が指を差す方向を向いたサチエは、部屋の隅に置かれている通学カバンを見て、思わず息を洩らした。

「ほんまじゃね。ひとみに届けてやらんといけんね」

「いつもは、きっちりしとるのにね」

美津子に言われてサチエは部屋の中を眺める。画用紙が片づけられた部屋は整理整頓が行き届いていた。サチエが喫茶店で働きづめの中、掃除や洗濯を担ってくれたのはひとみだ。まだ十三歳なのに、ひとみは家事のほとんどをきちんとこなしてくれていた。そうやって家族を支えようとしてくれたのだ。

「みっちゃん、ひとみを探しに行こう」

「学校に？」

「今日は学校、お休みなんよ。どこかそこら辺におるはずじゃけ、探してあげよう。優しい子じゃけえね、そんなに遠くまでは行っとらん」

「うん」

美津子は畳に置かれた画用紙を拾い上げると、スケッチブックに挟んで脇に抱えた。それを見たサチエは、

「そうじゃね」

ともう一度美津子の頭に手を乗せる。

「ひとみにも見せてあげんといけんね」

立ち上がったサチエと美津子は、店へと続く階段を、手をつないで一緒に降りた。

八

ひとみはすぐに見つかった。昔、家族四人で過ごした場所を順番に訪れ、公園に行き、川原に向かったところで、膝を抱えて土手際に座るひとみと出会った。ひとみの隣に腰を下ろしたサチエは、川の一点を見つめるひとみの肩に手を回した。ひとみの目は泣きはらしたせいで真っ赤に染まっていた。

「ごめんね、ひとみ」

その一言でひとみには、サチエの言いたいことがすべて伝わったようだった。ひとみは、ずるずると洟（はな）をすすると、

「私こそ、ごめん」

そうはっきりした声で言った。サチエは首を振り、ひとみの頭を胸に抱き寄せた。美津子がひとみ

の右側に座り、三人は並んで水面に躍る秋の日差しを眺めた。

「よし、帰ろうか」

しばらくしてひとみが立ち上がりかけた。それをサチエは手を取っておさえる。

「もう少し、こうしとこうや」

「でも、お店開けんといけんでしょ」

「ええんよ、たまには休んでも」

ひとみは驚いたようにサチエを見返すと、しかしすぐに座り直して、膝に顎を乗せた。

「ねえ、ひとみ。あんたの好きなことってなに？」

サチエはきらきらと表情を変える水面に目を細めながら、ひとみにそう尋ねた。

「好きなこと？」

「好きなことやりたいって、さっき言っとったじゃん」

「ああ、あれは……」

「なによ？」

「別にやりたいことなんかないけ」

「なんでもいいんよ。言ってごらん、特別に叶えてあげる。あんたには世話になってばかりじゃけ」

「本当にないんだって」

「オシャレしたいん？　どっか遊びに行こうか。服買いに連れて行ってあげてもええよ。少しぐらい高くても買ってあげる」

「もう……」

ひとみは頬を膨らませたが、しばらく考えたあと、突然思いついたというように顔を上げた。

「だったら、おかあさんと料理したい」

「へ？」

サチエは思わず目を見開いた。

「料理ってあんた、今まで料理なんてしたことなかったじゃん」

「じゃけ、したいんよ。おかあさんの料理おいしいけ、習いたい」

「ほんまに？」

サチエは穴の底をのぞくような目でひとみを見たが、次女はニッコリと微笑んだだけだった。どこでこのような愛嬌のある笑みを覚えたのか、そう思ったが、ひとみの優しさは十分に伝わってきたし、屈託なく笑う次女はかわいく見えた。

「それじゃあ、これからお店で一緒に作ろっか」

サチエが膝を叩くと、

「うん」

ひとみが元気よくうなずく。

「でもね、ひとみ。その前に見てもらいたいものがあるんよ……。ね、みっちゃん」

サチエに呼びかけられた美津子がスケッチブックを取り出し、そこに挟まれた画用紙をひとみに手渡す。

「なに？」

画用紙に目を落としたひとみは、しばらくして表情を変えた。食い入るように画用紙を見つめたかと思うと、途端に表情をぼろぼろに崩してしまう。

「これって……」

画用紙をめくるひとみの目からつぎつぎと涙がこぼれ落ちた。そんなひとみをサチエは微笑みながら見つめ、美津子は美津子で無表情のまま遠くを眺め続ける。親子三人は肩を寄せ合ったまま、次女が泣き終わるまで水面の前に座り続けたのだった。

昼の定食用に準備していた豚肉とキャベツの味噌炒めを弁当箱に詰めて店の前のかごに入れた。店は臨時休業ということにしてカーテンを下ろす。かごの隣には空き缶を置くことにした。こうしておけば昼定食を食べに来た客は、お金を入れて弁当を取って帰ってくれるだろう。食材を無駄にしなくて済むし、客の期待も少しは叶えてあげることができそうだった。

サチエは、美津子をカウンターの隅に座らせ、ひとみと一緒に料理を作りはじめた。メニューはひとみの希望で肉じゃがだ。そうして二人で料理を始めて一時間が過ぎたころ、こんこんとドアが叩かれる音がした。はじめ、休業日に気づかずにノックする客だろうと気づかないふりをしたが、しばらくして再びガラスドアは叩かれた。

サチエはエプロンで手を拭きながらドアに向かい、外へ開けた。

「ごめんなさい。今日、お休みをいただいてるんですよ……」

謝ったサチエは、最近よく訪れる背広の中年男性を見つけて、

「あっ」

と声を上げた。

だが背広の男は一人ではなかった。そのことに気づいたサチエは瞬時に眉を寄せる。男は三人の連れと一緒だった。そのうちの一人にサチエは見覚えがある。紺色の制服を着た男は、赤いラインに金線の入った帽子をかぶっていた。駅前広場でサチエに注意をしてきたあの男である。

「なんですか、あなたたち」

サチエは後ろ手にドアを閉めると、四人の男をにらみつけた。なにか嫌なことが起こるのではないかと、そう身構えている。二回も走って逃げるはめになったのは、この赤いラインの帽子のせいだ。きっと望まないことがらを運んで来る男に違いない。

だが男たちが発する雰囲気には張り詰めたものが見当たらないのだった。むしろ、手を前で組む様子からは、下手に出ているような丁寧さも見受けられる。

「突然申し訳ございません。私、広島駅ビルの管理をしております梅田と申します」

いつも店に来る背広の男がそう切り出し、名刺を差し出してきた。サチエに色々と質問をしてきたときのような冷めた感じはない。

「駅ビル？　駅ビルがなんで……」

名刺を受け取りながらも、サチエはあくまで警戒を解かなかった。自分には、今、この手のひらの中にある幸せを守る義務があるのだ。

「そう身構えないでください。私どもは今日、ある提案をさせてもらおうと思ってうかがわせていただいたのです」

梅田と名乗った男が両手でなだめる仕草をする。顔には笑みが張り付いていた。サチエは首をかしげながらも梅田を見つめ返す。

「では、早速ですが、用件を申しましょう」

梅田はそう言うと、急に真顔に戻った。それを見て、サチエはごくりと唾を飲み込む。自分たちの将来にかかわる重要なことが発せられるのだと、瞬間的に察してしまう。

「ぜひとも広島駅ビルに出店していただけないでしょうか？　喫茶店としてです」

「出店？」

サチエはオウム返しに尋ねた。梅田がなにを言っているのか咄嗟には理解できなかったのだ。それほどサチエには縁遠い話なのである。

サチエの店は喫茶店とは名ばかりの――。夫がこだわったコーヒーを出すだけの、むしろ食堂といったほうがよいような店だった。客もほとんどが大工で、その大工たちも最近は通わなくなっている。弁当売りをしてでも稼ぎを出さなければならない、いわゆる下り坂に差しかかった店だ。その店が、駅ビルに出店するなんて、どうして考えることができよう。駅ビルと言えば全国的にも有名なお店がいくつも入っている、自分たちとはまるで異なる世界の人々が商いをする場所なのだ。

「山陽新幹線が開通し、広島駅ビルには県外からのお客さまが多く訪れるようになりました」

戸惑うサチエをよそに、梅田が淡々と話し始める。

「だからというわけではございませんが、駅ビルの中でお客さまに広島を感じてもらいたいと私どもは考えているのです」

「でも、私の店は広島名物を出しているわけではありません……」

「なんと言いますか……」

梅田が困ったように頬を掻く。

「最近、あるお店が、やむを得ない事情により駅ビルから撤退することになりました。そこで私どもは先ほど申したように、これぞ広島というようなお店を探していたのです。もちろんお好み焼きやカキ料理のお店も考えました。ですが、それらはすでにあるのです。そんなときに、こちらのお店を……。ごめんなさい、名前を存じ上げていないもので……」

「大垣です」

「大垣さまの噂を聞きました。駅前でとてもおいしいお弁当を売られている方がいると……。そうですよね、赤井助役……。ごめんなさい。紹介が遅れました。国鉄職員で広島駅を管理している赤井助役です」

梅田が紹介すると、赤いラインに金線の帽子の男が進み出てきた。

「国鉄の赤井です。はい、梅田部長の言う通り、弁当売りのおばちゃんはどこに行ったと、毎日のように問い合わせが入っておりました。朝晩、必ず事務所に寄り、なにかわかったことはないかと尋ねてくる方もいたほどです」

男は、赤井という名前らしい。横柄さは残しつつも、少しだけかしこまった態度を取っている。

（赤いラインの帽子の赤井さんか）

ピッタリの名前だと思ったサチエは緊張を解くことができた。赤井が語った話にも思い当たるふしがある。駅に問い合わせをしたのは、今も毎日通ってくれる、あの足をひきずった男の客に違いない。駅で色々と探し回ったと言ってくれた。弁当を買ってうれしそうに頬をほころばしてくれる常連客を思い出したサチエは、警戒心がするするとほどけていくのを感じた。

「その話を私どもも耳にして、弁当売りのおばちゃんとはいったいどのような人なんだろうと思いました」

梅田が話を引き取る。

「ですが、なかなか見つけることができませんでした。注意されたことで、大垣さまは広島駅から離れられたのだろうと思います」

梅田にちらりと視線を向けられた赤井は、

「規則ですからな。私としてはひとこと言わないわけにはいきませんでした」

直立の姿勢のまま胸を張った。そんな赤井に梅田は苦笑を洩らす。

「赤井助役は大垣さまのお弁当のファンなのですよ」

「ファン？」

サチエが聞き返す。

「ファンです。国鉄の助役が駅ビルのお店の誘致に同行するなど普通ならあり得ないことなのですが、赤井助役はどこで聞かれたのか、大垣さまの店に行くのならぜひとも自分も同行させてくれと申し出てきてくれたのです」

「駅ビルに勤める者と親しくしている部下がおりましてな」

赤井が言う。

「その部下から聞いたのです。今日梅田部長が大垣さんの店に行くらしいと。どのような方なのか一度話をしてみたかった。願わくば、できたての料理を食べてみたかった。あれほどのお弁当、できたてはもっとおいしいに違いありません。それで今日、同行させていただいたというわけです」

「お店はお休みにさせていただいているんですが……」

姿勢を崩さない赤井に向かってサチエが言うと、赤井は片手を顔の前にすっと出し、それを横に振った。

「お気づかいなく。こうして顔を合わせることができたのです。これから、いつでも食べに来ることができるというものです」

「赤井助役は注意したことで恨まれているのではないかと心配していたようですよ」

梅田が口をはさむ。

「自分がお店に行っても嫌な顔をされるかもしれないと。それで、今日は話に行くだけだとお伝えしたのですが……、それでも自分も同行すると譲られないのです。私どもからしたら国鉄の助役がおいでになるなんて心強い限りではありますがね」

梅田に目を向けられると、赤井は大仰に咳払いした。

「部下が駅前の橋を越えたあたりで弁当を売られているのを見つけました。買ってこさせて、一口食べたときからとりこになってしまいました。人気が出るのも当然だなと納得したところです。本日は、お会いできて光栄です」

深々と礼をする。サチエはそれにつられたように会釈を返した。

「そうなのです」

梅田が思い出したように手を叩く。

「私どもも橋を越えたあたりで弁当を売られている方がいると聞きました。それでお弁当をいただいたのですが、これがおいしくて……。店の場所が書かれたチラシも入っていたので、それを見て、何度か通わせてもらったのです」

「調べるためですか？」

サチエが眉を寄せて聞く。

「まあ、ありていに言えばそういうことです」

梅田が苦笑を浮かべる。

「ただ、通わせてもらってよかったと私は思っています。私どもが求めていたお店が見つかったのですから」

「どういうことです？」

「大垣さまのお店は、まさに広島そのもののように私は思いました。親しみやすい空気。肩ひじ張らない居心地の良さ。なにより、ここで料理を食べた人はみんな仲間だよと。今日も一緒にがんばっていこうねと、そう思わせてくれるところが広島らしいなあと感じました。私は東京から転勤してきて二年なのですが、実際に広島の町に住んで感じていたことが、大垣さまのお店にはあるような気がしています。優しくて、仲間意識が強い。大垣さまの人柄がそれを作られているのだろうと推察します」

「私なんて、どこにでもいる普通のおばちゃんですよ」

「そんなことはございません。料理の腕一つをとっても大垣さまは特別です。いつ来ても、思わず目を見開いてしまうほどおいしい料理ばかりでした。別に広島の名物を出していなくてもよいのです。飛びぬけておいしい、それこそが一番です。コーヒーもまた、格別ですしね。だからこそ、駅ビルに出店していただきたいと思ったのです。県外から来たお客さま、駅ビルのホテルに泊まるお客さま……。もちろん広島に住んでいるお客さまにもです。大垣さまのお店を通して広島を感じてもらいたい。広島に来てよかった、広島はいい町だと、そう思ってもらいたい。それが大垣さまのお店なら叶えることができると私は確信しています」

興奮気味に語る梅田をサチエはぽかんと見つめた。褒めてくれていることは伝わり、それはやはりうれしかったが、それでも現実感は一向に湧いてこなかった。自分が駅ビルで働いている姿をイメージすることができないのだ。

「でも、私にはこの店が……」

そう口にしかけたサチエは、そうだと思って口をつぐんだ。自分にはこの店がある。弘和に建ててもらい、弘和と暮らし、長らく営んできた店だ。手放すとなると、やはり惜しい。

「そのことですが……」

黙り込むサチエに、梅田は渋い顔を浮かべた。

「大変失礼だとは思うのですが、ここは少々立地が悪いと私どもは考えております。大通りから離れていますし、周りは一軒家ばかり。もちろん地域の常連さんをお相手にされるのであればある程度の収益は見込めるとは思いますが、それも、よくて今の横ばい。今後劇的に増えることは考えにくいと分析しています。これほどの素晴らしいお店、それではもったいないと私は思います。埋もれたままではもったいない。ぜひとも、当駅ビルにご出店いただき、広島の顔の一つになってもらいたい……。これは私の個人的な思いがだいぶ含まれておりますが、そう考えております」

「駅ビルに行けば売り上げが伸びるんですか？」

サチエは顔を上げた。

「もちろんです。当然、こちらからお願いすることですので、賃料は努力させていただきます。それを差し引いても、今の三倍……。いや、五倍にはなると私どもは試算させていただいております」

「三倍……？」

サチエは目を見開いた。今の三倍と言えば、店が繁盛していたころより多い。さらに五倍となれば、弘和の稼ぎを加えていたころと同じくらいの収入になる。当然忙しくはなるだろうが、それは人を雇えばどうにかなる話だ。なにより昔の暮らしを取り戻すことができる、そのことがサチエには魅力的に映った。

「ただ、お店の改装費は大垣さまの方で見てもらわなければなりませんが……」

梅田が言いにくそうに言う。それでも伝えておかなければならないと判断して伝えてきたようだった。

「お店が軌道に乗れば、すぐにでも回収できるとは思います」

「いくらですか？」

「え？」

「改装費というのはいくらぐらいかかるんですか？」

「どの程度までこだわって改装するかにもよりますが……」

梅田は眉を寄せたあと、小声になってサチエにおおまかな費用を伝えた。

「なんだ、それぐらい」

サチエはほっとして表情を緩めた。それを見て梅田たちが驚いた顔をする。明らかに下り坂に差しかかっている喫茶店の店主が、少なくない額の改装費を、それぐらいと言ったことが意外だったようだ。

（私には弘和さんのお金がある）

サチエは胸のうちで計算している。弘和が残してくれた貯金だ。美津子のために取っておこうと思っていたお金だったが、それを使えば梅田が告げてきた改装費ぐらい十分払うことができた。余ったお金だけでも、もしものことに備えるだけの額にはなる。どうせ今のまま売り上げが落ち続ければ、そのお金に手をつけなければならない日は遠からず来るのだ。ぎりぎりまで耐えるつもりではいるが、背に腹は変えられなくなる日はきっと訪れる。それならばいっそのこと、自分たちの未来のために使ったほうがよいのではないか。弘和が生きていても、そう勧めてくるのではないか。

「ですが、やっぱりこの店は……」

気持ちは傾きかけていた。だが決心するとなるとなかなか簡単にはいかなかった。やはりこの店に対する思い入れは強い。移った方が売り上げが伸びるとわかっていても、閉めるのは、やはりしのびなかった。

あとひとつ。背中を押してくれるなにかがあれば、踏み出していけるかもしれないとサチエは思った。

下を向くサチエを見て、梅田たちは勢いを削がれたように口を閉ざす。緊張感の中に、少しだけ諦めに似た空気が混ざりはじめた。サチエがなかなか首を縦に振ってくれないことに、出店の話は無理かもしれないという思いを抱きつつあるようだ。

誰もが声を発してはならないという気まずさが漂う中、

「おほん」

そう咳払いをして、一歩進み出たのは赤井である。

「大垣さん」

顎を上げて赤井が言う。

「かごの中のお弁当は、ここにお金を入れれば持って帰ってもよろしいのですか？」

「ええ、まあ……」

「大垣さんが駅ビルに入って来られたら、いつでも料理を食べに行くことができるというわけですな。私だけではありません。喜ばれる方は大勢いますでしょうな。つまり、このお店で培われた味が多くのお客さまを笑顔にするということです。そのたくさんのお客さまの中で、ある意味このお店は残り続けていくのでしょう。ファンの一人として、私はそれをうれしく思うでしょうな」

いかにも気を利かせたといった様子で告げてくる赤井を、サチエは時が止まったように見つめ返した。そして、不意に思う。

（この人の言う通りかもしれんね）

駅ビルに移っても、料理を食べてくれた客の中で、弘和に建ててもらったこの店は残り続けるのだろう。そのことは確かな気がした。それよりもむしろ、このままさびれていくのを経験させるほうが店にとってはかわいそうなのかもしれない。いい思い出でいっぱいのまま、次へと進んだほうが誰にとってもいいことになりそうだ。

そう考えたサチエは、一方で、母のことを思い出していたのである。

それは、赤井に、喜ばれる方が大勢いるでしょうと言われたからかもしれなかった。

（かあさんも求めとったことじゃ）

誰かにおいしいって言ってもらえたら、この世に残っとってもよかったって思える気がするんよ。

母はそう言い、ひとりでも多くの人においしい料理を届けようと働き続けた。そんな母の姿がサチエは好きだった。料理を作る母の顔は、破壊しつくされた町の中で、唯一灯る光のように見えた。満ち足りた表情をした母こそ、サチエが最も思い出したい母だったのだ。

母の顔をありありと呼び覚ましたサチエは、ふと自分も同じものを求め続けてきたのだと気づく。誰かに喜んでもらうことがうれしくて、それが自分の生きがいになっていた。どれだけ忙しくても料理を好きだという思いを失わなかったのは、誰かにおいしいと言ってもらいたかったからにほかならない。

駅ビルに店を出せば、多くの人に喜んでもらうことができるかもしれない。それこそまさに幸せだろうとサチエは想像する。幸せを今以上に多くもらいながら毎日を過ごすことができるのだ。その中で、自分たち家族も満たされた時間を過ごすことができる。不安や焦りから切り放されて、やすらぎを感じながら、幸せを噛み締めて生きていける。

考えたサチエは、出店の話に乗ってもいいかなという気になった。

(それにしても……)

口角を上げてうなずく赤井を見て、サチエは途端におかしさに包まれる。思わず吹き出し、手で口をおさえ、く、くと笑いはじめる。

(悪いことを運んでくる人だと思っていた)

その赤いラインの帽子の男が、背中を押してくれるなんて。

そのことがおかしくて、サチエは笑いをこらえることができなくなってしまった。

ひとり笑いはじめたサチエに、背広の男たちは、最初戸惑い、だがすぐに、は、はと同調しはじめた。それはすぐに高まっていき、梅田たちはサチエと一緒に声を上げて笑うようになった。住宅地に男たちの快活な笑い声と中年女性の明るい声が響き渡る。

「前向きに考えます」

笑い終えたサチエは、目元を拭いながらそう伝えた。聞いた梅田の顔がみるみるほころんでいく。

「ですが、結論は娘たちに相談してからにさせてください。うちには主人がいません。家族のこれからに関わることですので、しっかりと伝えてやりたいのです」

言うと、サチエは後ろのドアを振り返った。カーテンの隙間からのぞいている二人の娘と視線が合う。ひとみは心配そうに、美津子は無表情でサチエを見上げていた。なかなか戻ってこない母を気にして、ドアまで様子をうかがいに来たらしかった。

「当然です。しっかりと話をして、それから決めてください」

梅田は娘たちをちらりと見たあと、サチエに言った。

「よいお返事をいただけることを期待しています」

「ええ。たぶん、そうなると思いますよ」

その後、少しだけ駅ビルの話をしたあと、梅田たちは帰っていった。それぞれ弁当を携えて遠ざかる背広姿の男たちをサチエは笑顔で見送る。それから、ふうと大きく息を吐き出し、秋の空に目を向けた。

「いいよね、弘和さん。それから、かあさん」

呟き、娘たちが待っている店のガラスドアを開ける。空はどこまでも青い秋晴れで、サチエの声は空の高くにいる大切な人にも届いてくれる気がした。

九

一九七五年、十月十五日。その日の巨人戦に勝てば広島東洋カープは創設二十六年目にして初めての優勝が決まる。そのような期待感で広島の町中がそわそわと落ち着かない中、サチエは広島駅前の広場に立っていた。

右にはスケッチブックを抱えた美津子、左には冬服のセーラー服を着たひとみだ。

当然、駅前広場もカープの優勝を願って、すでにお祭り騒ぎのような賑やかさに包まれている。

そうした中、もっとも期待に胸を膨らませているのはひょっとしたらサチエたち三人かもしれなかった。

（ああ、やっぱり幸せじゃ）

私は、幸せに恵まれとるんじゃ。

駅ビルを見上げたサチエは、右の美津子、左のひとみにそれぞれ目配せすると、二人の前に手を差し出した。美津子とひとみが力強く握りしめてくる。

「じゃ、行こうか」

サチエは声をかけると、二人の娘と手をつないだまま、広島駅ビルの入口へと歩き出した。

NOW OPEN

一

『涼しい空気を胸を膨らませて吸ったみたいに……』

そう打ち込み、キーボードの上の手を離した。顎を摘まんでふと考える。

「涼しい空気ってなんじゃ……？　ただ冷房が効いてるだけと思われるかもしれん。物語の出だしじゃ。もっと胸に響くようなフレーズにせんと読み進めてもらえん……」

口の中で呟いたユキは、テーブルに置いたオレンジジュースを口に含み、色に変えたらどうかと考えた。

『青い空気を胸を膨らませて吸ったみたいに……』

ノートパソコンに現れた文字を見て、

（ちょっと文章が生きはじめたか？　川岸に立っとるようじゃ）

自分で納得する。

「よし、青い空気じゃ。出だしは青い空気……」

手応えを得たユキだったが、今度は別の箇所に目が留まる。

（『胸を膨らませて』ってのはオーバーじゃね？　そもそも胸を膨らませるほど空気を吸い込む人おるか？　鳩じゃないんじゃけ）

一度悩みはじめると、いろいろなことが気になってしようがなくなる。思考もあちこちに飛びがちだ。こうして必要以上に時間を浪費してしまうのがユキの悪い癖だった。溜息を洩らしながらユキは目頭をもんだ。そのままの姿勢で数秒固まり、やがて、はっと気づいたように、

『青い空気を鼻からぐいっと吸ったみたいに……』

と打ち込む。そして、頭を掻きむしる。

（違う。別に鼻じゃなくていい）

ユキは椅子の背もたれに身体をもたせかけると、天井を仰いだ。気分を変えようと、イヤホンを外

して、流していた映画のサントラを止める。途端に店の中のざわめきが耳の中に流れ込んできた。ユキは自分がどこにいたのかを不意に思い出したように、辺りをきょろきょろと見回した。

店内は、広島駅前のためか人が多いようだった。スマホを眺めながらハンバーガーを食べる女性。話に花を咲かせる主婦と、その脇で遊ぶ子どもたち。背中を丸めてなにかを必死に書き込む若い男は、先ほどのユキと同じようにしきりにぶつくさと呟いている。

皆が思い思いに、平日の午後という時間を、このファストフード店で過ごしているようだった。

(場所を変えてもダメか)

ユキはノートパソコン横のフライドポテトに手を伸ばした。ポテトはすでに冷めていて、お世辞にもおいしいとは言えなかった。ユキは口の中のポテトをオレンジジュースで流し込み、手をティッシュで拭いてから、パソコンの液晶に映った時刻を確認した。

三時二十五分。

一時間以上悩んだ挙句、出だしの一文を思いつくことができなかったということになる。いや、費やしている時間でいうとそれ以上だ。ここのところ、自分の部屋で執筆しても最初の一行が出てこない、ユキは物語の舞台となる広島駅に行けばなにかが変わるかもしれないと考え、このファストフード店に入ったのだった。

結果は同じだった。やはり出だしの文章が浮かんでこない。

(才能の問題じゃね)

ユキは窓の外をぼんやり眺めた。向かいのビルの窓に冬の空が映っている。青の中をゆっくりと流れていく雲は雄大で、それ以上に自由だった。自分がどれだけ悩んでいても、あの雲は変わらず流れていくのだろう。世界は自分とは無関係に動き続けているのだ。そう考えると、小説の出だしに悩んでいる自分がどうしようもないほど小さい存在に思えてくる。

(他の作家なら、きっとスラスラと文章を紡(つむ)ぐことができるんじゃろうね)

それでいてあんなにも人を感動させる作品を作ることができるのだ。そのことをユキはうらやましく思う。

世の中には圧倒的に恵まれた才能を持つ者がいる。彼らのような人間だけが特別な世界で生き残っていくことを許されるのだ。才能のない人間はいずれ消えていく定めである。自分もそのうちのひとりだと、ユキは最近気づいた。運よく作家としてデビューできたはいいが、世間からの注目度は日に日に小さくなっている。他の作家の、溜息が出るような優れた作品を読むたび、ユキの焦りは募っていく。

「全然書けん」

ユキはワードファイルを保存せずに消すと、ノートパソコンを荒々しく閉じた。その音に、スマホを眺めていた女性が顔を上げ、ユキと、それから隣でなにかを必死に書き込んでいるらしい若い男を見比べ、やがてスマホに視線を戻した。ユキは憮然(ぶぜん)とした様子で腕を組んだが、ふと気になって隣に目を向ける。隣の若い男は、

「いや、違う……」

とか、

「ここはもっと柔らかみが必要じゃ……」

などと言いながら手を動かし続けている。なにか絵のようなものを描いているらしかった。イヤホンを外すまでユキはこの若者の存在に気づかなかったのだが、こうして見てみるとやっていることは自分と同じではないかと思った。難しい顔をして、自分の世界に没入(ぼつにゅう)している。おそらく先ほどの女性も、二人が似ていると思ったのだろう。同じような人間が隣り合って座っていることに少しだけ興味をひかれたようだったが、それもどうでもいいと思って無関心を決め込んだのだ。

ユキは、溜息をつきながら机の上のものを片づけはじめた。

ユキが取りかかっているのは短編小説である。広島に新しくできる駅ビルを舞台にした小説を書い

てくれ、そう依頼を受けていた。その企画はすでに発行元の出版社まで決まっており、駅ビルのオープンと同時に単行本として売り出すことになっている。

正直ありがたかった。それ以上にうれしかった。

東京の出版社からの執筆依頼は目に見えて減っている。というより、途絶えている。かろうじて依頼があったままで手つかずの案件が二つ残っているが、そちらもあまり期待されてはいなさそうだ。執筆の催促がない所を見ると、書かせてみて出来が悪ければ出版を見送ろうとの考えを持っているようである。そうした中、出版を約束したうえで執筆依頼をしてくれたことには救われる思いがした。新駅ビル『ミナモア』を作り上げた社員たちにインタビューをし、その思いを物語として形にしてもらいたいという企画だった。

広島在住作家としての自分に目をつけ、依頼してくれたのだ。そのことに感じ入るものがあった。ユキの中には、広島で生まれ広島に育てられたという思いがある。広島が背負ってきた歴史も、その時々の人々の思いも自分の中には流れている。広島を舞台に物語を書くことは、ある意味育ててもらったことへの恩返しになるのではないかと思った。

(裏切ることはできない)

なにより、ミナモアの開発を手がける社員の話に心震えていた。

広島のことを真剣に考え、広島をより広島らしい魅力で満たされた町にするためにミナモアというショッピングセンターを作ろう、そう考えている。

思いに触れ、自分も熱くなった。自分も小説という形でミナモアを、そしてその社員の思いを伝えることができたなら、広島の新しい未来に貢献することができるのではないか、そう思った。

(広島の人々を感動の渦に巻き込むような作品を作ってやる)

かつてないほどやる気に満ちていた。早く書きたい、その想いが溢れてきて止まらなくなった。

だが、いざキーボードに手を乗せてみたら、一行目からつまずいてしまったのである。

命を持った言葉が出てきてくれないのだ。

物語全体の構想はできあがっていた。主人公が自分の殻を破って未来に希望を見出すストーリーだ。主人公の設定も決まっている。気の強い女性だ。物語をぐいぐいと引っ張ってくれるような力のある女性である。そこまで決まっているのに書けないのは、作家の力量に問題があるからだと認めざるを得ない。

(力量もそうじゃけど、やっぱ才能よね)

ユキは自分の才能のなさを、今、ありありと突き付けられている。最近になって特に多くなったのだが、絶望してしまうほどにはっきりと自分の限界が見えるようになってきてしまった。

それでもなんとかして書かなければならなかった。執筆を依頼された当初は締め切りまで一か月半あった。それが今は三週間に減っている。年末が期限だ。守らなければ、いろいろな人を失望させることになる。

(ああ、くそ……)

ユキは声に出さずに呟いた。それと同時だった。

「ああ、くそ!」

隣から同じセリフが聞こえて、ユキは、

「ん?」

と顔を向けた。

背中を丸めた男性が、後頭部を掻きむしっている。若者はそれまで筆記具を走らせていた紙をテーブルの端に置くと、紙コップのストローを音立てて啜り、別の新しい紙を取り出した。そして再び、先ほどと同じ姿勢になって、なにかを一心不乱に書きはじめる。

ユキの視線は若者の上で止まったままだ。隣から見られていることにも気づかないほど、若者は自らの作業に没頭している。まるで紙と格闘でもしているように筆記具を動かしては、頭を掻きむしる。

その姿がユキには懐かしく思えた。かつて、いつも目にしていた、誰かの姿と重なって見えたのだ。

（こうやって、ひたすら集中してシャーペンを動かしていたのは……）

ユキが記憶の底に沈んでいる、ある人物を引っ張り上げようとしたときである。

「ううん……」

若者がうなり、

「くそ」

と言いながら消しゴムで紙を擦りはじめた。よほど力がこもっていたらしく、テーブルがガタガタと揺れる。そのテーブルから、紙が一枚、ユキの足もとに落ちてきた。何の気なしに拾ったユキは、紙が落ちたことに気づかず、またなにかを書きはじめた若者に返そうと立ち上がった。そのとき、紙に書かれているものが目に入り、思わず眉を寄せた。

そこには設計図のようなものが描かれていた。スケッチのように描かれているのだったが、曲線を多用して描かれたそのデザインは素人目にも上手に思えた。だが、ユキが注目したのは若者のデザインではなかったのである。デザインの下にいくつか書き込まれている文言の中に『ミナモア』という文字を見つけていた。

（この子、ミナモアの関係者なんじゃ）

ユキは若い男に興味を抱いた。ちょうど今の自分と同じように、ミナモアのことで悩んでいるようである。そのことになぜか親しみを感じた。いや、ミナモアのことだけが原因ではない。記憶の中の誰かとやはり似ていることが親しみを喚起させた原因だった。背中を丸めて筆記具を走らせる姿は、過去の一時期を一緒に過ごしたあいつとそっくりだ。

「あの……」

ユキは若者に声をかけた。しかし若者はユキには気づかずに、自分の作業に専念するばかりだ。

「ねえ……」

ユキは若者の肩をつついた。突然、若者は全身を跳ね上がらせた。おそるおそるといった様子でユキを振り返ってくる。

あどけない顔だった。ぼさぼさ頭の下の細い目が、驚いたことでさらに細くなっている。

「落としましたよ」

ユキは紙をひらひらと振った。すると若者は、

「え？　あ……」

とテーブルの上をがさがさ探し、再びユキに顔を向けてきた。

「えっと……。ごめんなさい」

下を向いてぼそぼそ言う。その喋り方もユキには懐かしく思えた。やはり、十六年前、いつも隣にいたあいつに似ている。

「これなんだけど」

ユキは目の前の若者が、少年時代の友だちと似ていることに、なぜか勇気を得たような気になって、手を伸ばしてくる若者からひょいと紙を取り上げた。

「ここにミナモアって書いてあるじゃん……」

ユキは言う。

「どうしてミナモアなん？」

「え？　はい……」

しどろもどろになりながらも、若者はユキに説明しなければならないと思ったらしい。聞き取れないような小さな声で言った。

「ミナモアは、広島駅に新しくできる駅ビルで……」

「それは知っとる」

若者をさえぎって、ユキは自分の聞きたいことを尋ねる。

「君はミナモアとどういう関係なん？　この絵はなに？」

ユキが早口に言うと、若者はぽかんとした顔でまばたきを繰り返した。そんな若者に、ユキは続ける。

「実は、俺もミナモアとかかわりがあるんよ」

「へえ」

「君も悩んどるみたいじゃね。うなっとった」

「そう、でしたか……？」

「うん。ってことで、これはなに？　君はミナモアのなにで悩んどるん？」

ユキが重ねて聞くと若者は一瞬考えた後、

「その前に……」

ユキが持っている紙を指さした。

「それを返してください」

「ああ、ごめん」

ユキが手渡すと、若者は紙に目を落とし、

「それから先に、あなたが誰かを教えてください」

そう顔を上げてきた。

「俺？」

ユキは自分の席のノートパソコンに目を向け、そしてもう一度、若者を見た。ユキに対してはっきりとした口調になったことを後悔しているのか、若者は再び下を向いてもじもじとしはじめている。そんな若者を見たユキは、なぜだか自分のしていることを伝えてやりたいと思った。そこには、過去を過ごしたあいつに自分の苦悩を打ち明けたいという思いが多少なりとも含まれていたかもしれない。

「俺は……」

ユキは語りはじめた。

二

若者は広島の大学に通う学生だった。ユキが、自分は作家で、今、ミナモアを舞台にした小説を依頼されて書いていると伝えると、若者は目を丸くし、その後、自分自身のことを語ってきた。

若者は大学でデザインを学んでいるらしい。今回、ミナモア内の一角を利用して、学生からデザイン案を求めるコンペが開かれることになっていた。そこで優秀だと認められたデザインは、実際にミナモア内で再現してもらえるという。そのコンペに若者は応募しようと考えていると、小さな声でつっかえつっかえ語った。

「なるほどね」

ユキは顎を摘まんで言った。学生に館内のデザインを任せるなど、ミナモアらしいアイディアだと思った。ミナモアは広島の人々と一緒になって新しい駅ビルを作り上げていこうという思いを持っている。また、この企画は学生にとっても夢があった。若者たちの熱をミナモアに注ぎ込むことができれば、広島の人々により身近に感じてもらえるはずである。

「それで、君はコンペのために悩んどるわけか」

ユキが聞くと、若者はうつむき、

「はい……」

と返事した。それから身体を小さくしたまま続ける。

「……僕は友達が少ないけ、ひとりで応募しようと思っとるんですけど、なかなかいいアイディアが出てきてくれんのです。デザインは大好きなのに、それなのになんにも出てこんくて、自分の頭の悪さに嫌気がさしてしまいました」

聞いてユキは鼻から息を吐き出した。

（俺と一緒じゃ）

この学生もまた、自分の才能に疑いを持ちはじめているらしかった。突如目の前に現れた壁は、どこまで続いているのか想像もつかないほど高い。乗り越えようと思っても、本当に登りきれるのだろうかと、そしていつまで登ればいいのかと不安になる。

ユキは自分も同じことで悩んでいると素直に伝えた。聞いた学生は、

「そういうものなんですね」

一度納得しかけたあと、

「いやいや。違います」

と首を振った。

「そんなことないよ。一緒よ」

「結果を出しています。世間に認められました。これはすごいことです。僕はまだ何者にもなってません」

「何者にも？」

「僕は、今はまだ、ただの大学生です。しかも、人とコミュニケーションを取れない、いつもひとりでいる感じの……」

「かつて不登校をしとったことがある、とか？」

「なんでわかったんですか？」

目を見開く学生に、ユキは苦笑を洩らした。

「昔の知り合いにね、そういうやつがおった」

人付き合いが苦手なところや、おどおどと小声で話すところ、そのくせ誰にも負けないほど自分に対して自信を持っているところなどは本当にあいつとそっくりだった。

ユキは目を伏せてテーブルの上に散乱したデザインを眺めた。そして、

（本当じゃ）

と自嘲気味に笑う。

この学生と俺はまったく違う、そう思う。学生は、今は壁にぶつかっているかもしれないが、それを乗り越えれば、そこから未来は拓けていくと信じている。だが俺は、壁を乗り越えても、未来は狭くなるばかりだと、そう思いはじめている。何枚もデザインを作り、それでもよりよいものをひねり出そうとしている者と、最初の一行で行き詰まっている者との決定的な差がそこにはある気がした。

(うらやましくはあるな)

いつの頃からか変わってしまった自分に、ユキは寂しさを覚える。この学生のような前向きさを取り戻したいと思うけれど、それが叶わないことを理解できるくらいに自分は大人になってしまっていた。そして、自分の能力の限界がどの辺にあるのかもわかるようになっている。

「少し話してもいいですか?」

若者がそう声をかけてきた。若者も若者でなにか考え込んでいたらしかったが、声を発した途端、顔を上げて悲し気な笑みを浮かべた。

「小学校の六年生ぐらいから学校に行けんようになったんですよね、僕。家からもなかなか出られなくて、中学はまったく通えませんでした。高校は通信制の高校に通って卒業だけして、でも勉強はさせられてきたから受験は通る気がして……。それで今の大学に通うことになったんです」

「克服したんじゃね、ひきこもり。今、外に出とるじゃん」

「大学が楽しいからかもしれません。デザインを学べることがうれしくて」

「そんなに好きなん、デザイン?」

「高校のころなんです。親に美術館に連れて行ってもらって。もともと僕は絵を描くのが好きだったんですけど、それで親も美術館に連れて行ってくれたんだと思うんですけど、絵よりも僕は建物の方に魅力を感じてしまって。圧倒されたんです。なんというか、その場所だけ特別な感じに見えて、そのくせ何百年も前からそこにあったようになじんでいて。その空間で皆が静かに絵を眺めている。これこそ一つの絵画だと思ったんです。それで、建物ってすごいなって思って。それから、デザインに興味を持ちはじめて、いろんな場所を見るために外に出るようになって。外に出られるようになったら、今度は大学も行けるかなって。それで受験したんです」

「大学でミナモアの話を聞いたってわけね」

「チャンスだと思ったんです」

学生は鼻の穴を大きくした。

「学生の僕のアイディアを実際に形にしてくれる。まあ、そこはどうなるかは分からんのんですけど、その可能性があるってすごいことだなと思って。僕がデザインした空間で人々がどのように過ごすのか、すごく興味があります。絶対に選ばれたいと思っとるんです」

若者からは、自信なさげな素振りが消えていた。内側から溢れ出る情熱がひしひしと伝わってくるようだった。ユキはオレンジジュースを口に含み、テーブルに頬杖をついた。

「チャンスだと思っているのに、いいアイディアが思いつかん。そういうことか」

若者は急にしおれたように頭を垂れた。

「やる気が空回りしとるんかもしれんのんですけど、なかなか納得いくものができなくて」

「俺もよ」

ユキは言う。

「俺も、やる気はあるんじゃけど、出だしで詰まったままの状態よ」

「しんどくないですか?」

「こんなのはじめてよ。と言うのはウソで、よくあることではある、実はね。でも、なんだかんだで出てきとったけえね。つまづいたまま身動き取れんくなったのは、やっぱりはじめてじゃ」

「なにかきっかけがあれば、と思うんですけどね。そのきっかけさえ掴めれば、あとはすらすらいってしまうのかもしれません」

「ていうか君、普通に話せるじゃん」

ユキは真顔で言った。一瞬、きょとんとした学生は、ユキの言葉の意味をすぐに理解したようで、

「えっと、その……。そういえば、そうですね。あれ？　なんでかな？」

と後頭部を掻きむしりながら、しきりに首をかしげはじめる。そんな学生を見て、ユキはふっと笑みを浮かべた。

「慣れとるけえかもしれんね、俺が」

「……どういうことです？」

「君みたいな人と話をすることに慣れとるってこと。といっても、十五年以上も昔の話じゃけ、本当にそうかはわからんけどね」

「へえ」

若者が不思議そうな顔をしたがユキはそれを無視して、話をミナモアに戻した。

「ミナモアが舞台になる以上、広島という要素を入れにゃいけんと思うんよ」

ユキは若者に言った。

「それは、小説もデザインも同じなんだと思う。じゃ、広島っていったら、いったいどんなところなん？　それをまずは掴まにゃいけん」

「広島といえば、やっぱり……」

それから二人は広島に対するイメージを語り合った。そこになにか新しい発見があるかもしれないという期待を抱いて。

話は白熱した。自分の故郷広島を語りはじめたら止まらなくなった。なんとなくちょうどいい、という意見にはお互い納得したし、学生が若者らしく、

「でも飛び抜けたところがない。地味です」

と言ってきたときには少しだけむっとした。そうして自分のことのように感情を上下させられると

ころも広島の特徴なのかもしれないとユキは思った。二人の話は盛り上がった。はじめて出会った者同士とは思えないほどだ。

（いや違うな）

ユキは、はじめてだという意識をほとんど忘れていたのだ。

学生と話をするうち、今俺は過去のあいつと話しているのだという錯覚を覚えるようになった。とてつもなく懐かしい感覚だ。ユキが、将来小説家になると言ったとき、その宣言にうなずいてくれたのがあいつだった。

「ありがとうございました。なんか、いいヒントを得られた気がします」

散々語り合った二人は、ファストフード店を出た。そこで学生が頭を下げてからそう言った。声には明るさが滲んでいた。ユキにとってはただ喋り散らしただけのように思える時間も、学生にとってはなにかを得られた時間になったのかもしれなかった。

「なら、よかった」

ユキはあいまいな笑みを浮かべて学生に答える。実はユキも話をするうち、なにかを掴みかけたような感覚を抱いていたのだったが、それは結局、手の中からするりと抜け落ちてしまって、残っているものはなにもなかった。いまだに物語を書き始められる気がしないままだ。

「じゃ、デザインがんばって」

それでも元気を取り繕ってユキが手を上げると、学生は力強くうなずいてきた。

「本、買いますね」

「ん？　まあ、時間があるときにね。今は、ミナモアの件に集中しんさい」

「わかりました。でも、絶対に読みます」

「ありがとう」

晴れ晴れとした表情の若者に、ユキは少しだけ戸惑いを感じる。ほんの少しの間に、何年分かを一気に成長してしまったように見えた。それは若さの成せる技なのかもしれなかった。果てがないほど広がる可能性がそれを実現させているように思える。そう考えたユキは、目の前の若者に軽い嫉妬を抱いている自分に気づいた。

別れのあいさつを交わした二人はそれぞれの帰途についた。ユキはファストフード店から駅前通りの方に足を進めたが、数歩進んだところで、ふと思いついて後ろを振り返った。

「おい、学生！」

反対側に向かって歩いていた学生は立ち止まると、驚いたように振り返った。

「君の名前は？」

ユキの質問に、学生は、

「カズユキです」

と言った。

「数字の一に幸せで一幸」

「一幸……」

「失礼します」

ユキは目をぱちくりとさせて、一幸の背中を見送った。

人混みに紛れるようにして一幸が離れていく。その小さくなっていくぼさぼさの後頭部を眺めながら、ユキは苦笑混じりの吐息を洩らした。

三

母の喫茶店には客の姿がなかった。もう閉店間近だからだろう。窓越しに映る家々には明かりがともり、通りからは人の気配がほとんど消えている。

（よくこんな住宅地で喫茶店なんかできるな）

そう思いながらユキがカウンターに着くと、母が奥からやってきて目の前に水を置いた。

「どしたん、また小説で悩んどん？」

のんびりとした口調で聞いてくる。

「なんで？」

「あんた、四日連続で来とるよ。小説のことばっか考えとるけ、ご飯作る余裕ないんじゃろ」

「わかっとんなら、話が早い。なんか食う物ない？」

「パスタでいい？」

「なんでもいい」

「少しは感謝してほしいよね」

母に苦笑を返したユキはスマホを取り出した。一応、勤務している工場のシフトを確かめておく。小説家だけでは食べていけないユキは、自動車関連の工場にも勤めていた。最近、曜日感覚がなくなっているのが悩みだ。まともに寝ていないせいだということはわかっている。

（明日は休みか）

一日中小説を書けるな、そう思っていると、二階から足音がして、祖母が喫茶店に降りてきた。

「ありゃ、ユキ。来とったん？」

祖母がうれしそうに言う。

「うん。ばあちゃんはどしたん？」

返事をしながらも、ユキは肩をすくめる。できれば顔を合わせたくなかった、そう思っている。また長い話を聞かされると思うと、少々面倒くさく思えてくる。

「上にハサミがなくてね。ひとみなら、どこにあるか知っとると思って……」

話が聞こえたのだろう、具材を炒めていた母が大声で答える。

「ハサミなら電話の下の引き出しにあるはずよ！」

「それならさっき見たけ」

「見落としとるんよ。まあええわ。レジの横にあるけ、持って行きんさい。ユキ、取ってあげて」

「ん」

ユキは立ち上がると、レジに向かい青いハサミを手にした。席に戻って、祖母に渡す。

「なに？　俺の記事でも出とった？」

そう聞いたのは祖母が新聞を持っていたからだ。ユキが二十四歳で小説家デビューしてから六年。祖母は地元の新聞を隅々まで読み、ユキのことが書いてある記事を必ず見つけ出して、切り抜いてくれている。

（まだまだしっかりしとるんよね）

ユキは目を細めて祖母を見る。いまだに喫茶店に出て料理を作る祖母は、八十を超えているとは思えないほどかくしゃくとしている。その祖母の料理はおいしく、この喫茶店の評判を高める原因となっていた。

ただ、いかんせん八十を超えているのだ。さすがに一日中店に出ているほどの体力はなくなっているらしく、午後から夕方にかけては、店を娘のひとみに任せて上の自宅でのんびり過ごすようになっている。通常は、そのまま降りてくることなく布団に入って一日を終えるのだったが、どうやら今日は違うらしかった。ハサミを取りに降りてきたところで、ユキと出くわした。

（またあの話が始まるで）

そう思ったユキは、少しだけ身構える。

祖母には、体調面以上に歳を取ったと思わせることがあった。

同じ話を繰り返すのである。

特にユキが広島駅ビルのミナモアを物語にしようとしていると知ってからは、スイッチが入ったように熱心に語りはじめた。かつて建て替え前の広島駅ビルで喫茶店を営んでいたという祖母は、そのときの話を実際にその場にいるように楽しそうに語った。

店が繁盛してテレビの取材が来たこと。有名人が何人も訪れたこと。六十になったのを区切りに駅ビルから出て、自宅の一階を改装し喫茶店を始めたこと。駅ビル時代の常連が足を運んでくれたこと。そうしたことを、細かいところまで熱心に語るのだった。

最初は、小説の材料になるかもしれないと思って聞いていたユキだったが、さすがに何度も繰り返されるうちに飽きてきた。

そこで、喫茶店には来ても祖母には声をかけずに帰るようになったのである。

特に、今取りかかっている小説を書き上げるまでは祖母の話は耳に入れない方がいいと思っていた。祖母の話はついつい引き込まれてしまうほどおもしろかったが、それだけに祖母の昔話に引っ張られてしまうおそれがあった。自分が考えている物語が揺らいでしまうと思った。

ユキは椅子を後ろに引きながら、

（まあ、会ってしまったしな）

そう話を聞く姿勢に入ったのだったが、意外にも祖母は駅ビルとは関係ないことを口にした。

「コウちゃんが載っとったよ」

そして、これまた意外な人物の名を出す。

「コウ？　コウってあのコウ？」

ユキは目を丸くした。東京に転校していくコウと別れて十六年。最近では思い出すことさえ少なくなっていた。そのコウが、まさか今日に限って話題に出てくるなんて。

大学生の一幸に出会ったその日にコウの名前が出てきたことにユキは驚いていた。偶然で片づけられる話ではないと思った。そこには天の導きのような、そんな力が働いている気がする。

ユキが一幸を見て、

（似ている）

と思った人物。それが、十四歳のときの友だち、コウだったのだ。

「コウちゃん？　懐かしいわね。いつもそこで絵を描いとったよね」

言いながら、母がカウンターの隅を顎で示す。顔を向けたユキは、細い背中を丸めて紙の上に突っ伏す少年を目にした気がした。黙々と鉛筆を走らせる少年は、明らかに幻影だったが、しかし、あのころ一緒に夢を追いかけたコウで間違いなかった。

「そうそう。まるでみっちゃんみたいじゃったね」

祖母は五年前に他界した長女のことを口にする。ユキの伯母の美津子は、画家として国内外の賞を受賞した後、五十九歳でがんを患って亡くなった。天才画家大垣美津子の死は、多くの人によって悼まれたのである。その死は地元新聞の一面で伝えられ、国内の美術館では巡回展が開催された。

「そうね。コウちゃんの背中を見ていると、なんだか懐かしく思えて仕方なかったよね」

母が昔を思い出すようにカウンターの隅を見る。そのついでといった感じでユキの前にペペロンチーノを置いた。

「はい、どうぞ」

母が言う。

「それで？　コウのなにが載っとるん？」

フォークを取りながらユキが聞くと、祖母は過去に向けていた意識を戻して、孫の顔を食い入るように見つめた。

「そうじゃった。コウちゃんの話じゃ」

祖母がカウンターの上に新聞を広げる。ユキはペペロンチーノをフォークで巻きながら、口内の唾を飲み込んだ。

毎日を一緒に過ごした友は今なにをしているのだろうか。消息がわからなくなって、もう六年が過ぎている。

「ここじゃ、ここ。コウちゃん東京でカヘを開いとるんだそうじゃ」

「カヘ？　……ああ、カフェね」

「なんて？」

「カ、フェ」

「カ、ヘ？」

「カフェだって。喫茶店のこと」

ユキはフォークを置き、祖母が広げた新聞を見つめた。祖母が指さす箇所に目を落とすと、確かにそこにはコウの写真が載っていた。

それは、東京で活躍する広島県民を紹介するという記事で、その中でコウは、三軒紹介されている喫茶店のうちのひとつとして紹介されていた。こんなにも小さな記事をよくもまあ見つけてくるものだとユキは祖母に感心するのだったが、それでも隅に載っている写真の男を見て、不意に懐かしさが込み上げてきた。一見してオシャレだとわかる店内で、控えめな笑みを浮かべる男は、あのころを一緒に過ごした友だちの大人になった姿だった。

「カフェか……」

呟いたユキは、物悲しいような、心苦しいような、そんな複雑な感情に包まれてしまう。

（コウはもう漫画をやめたんじゃ）

漫画家を続けていたら、カフェのオーナーをする暇などないはずである。

「ほんまコウちゃんらしいわ。読んでみんさい、ほんのちょっとしか触れられとらん」

祖母が愛おしそうに言う。確かにコウの記事はほんの少しだけだった。コメントも載っていない。どうやら一軒目に紹介されている喫茶店のオーナーがメインで、次に別の切り口からの二軒目。そして、三軒目のコウはついでといった感じで取材されているらしかった。

「いろいろあったんじゃろうね、コウちゃん。でも、元気そうじゃ」

よかったね、と目尻を拭う祖母から、母が新聞を受け取って目を通す。

（いろいろ、ね……）

自信なさげに笑う写真を見てもそのことはわかる。ユキは、不意に、そのいろいろの中身を自分は知らなければならないのではないかと思った。

（あいつの苦しみを知れば……）

なにかが変わる気がする。コウが進んできた過去にこそ、今の自分が向き合わなければならないなにかが潜んでいる、そんなふうに思えた。

だがユキは、あえてその思いを押さえつけ、フォークに巻きつけたままのパスタを口の中に押し込んだ。コウの現在を知ることは、近い将来の自分と向き合うことと同じに思えた。写真の中の、当惑したような、それでいて少しだけ悲し気な表情を浮かべるコウは夢を目指して進み続けた者の、なれの果ての姿だった。

ユキは口の中のペペロンチーノを咀嚼した。うま味の効いたしょっぱさとニンニクの香ばしい風味が口内いっぱいに広がる。祖母、母と受け継がれてきたというなじみの味は、いつ食べてもおいしかった。ユキは思わず、うまい、と口にしそうになったが、飲み込んだ瞬間、唐辛子の辛さがぴりりと鼻の奥を刺激してきて、それがどういうわけか涙を誘うくらいに辛くて、ユキは激しく咳き込んだ。

「あらあら、どうしたんね」

母がコップを手渡してくる。受け取ったユキは、急いで口の中に水を流し込んだ。

「辛いよ、唐辛子。効き過ぎ」

ユキが言うと、母と祖母が顔を見合わせ、おかしそうに笑った。

「明日から新しい唐辛子出そうと思って、袋に残っとる唐辛子、全部入れたんよ」

「ひとみ、そりゃ入れ過ぎよ」

「まあ、ええじゃない。辛さで頭もすっきり冴えわたるってもんよ」

むせ返るユキを見ながら再び声を合わせて笑った二人は、本当に仲良さそうに見えた。かつては言い合いの喧嘩をしたこともあったと聞いたが、とてもそんなことがあったとは思えない。お互いを信頼し合っているような仲の良さが二人の間にはある。

額の汗を拭いながら二人を眺めたユキは、ふと記憶の底からなにかがすくい上げられてくるのを感じて押し黙った。

それは母と祖母が大口を開けて笑う姿を見たからかもしれなかった。

（俺もコウとここで馬鹿みたいに笑っとった）

俺は腹を抱えて、コウは控えめに下を向いて。今、笑わなければ世界が破滅してしまうといったふうに、とにかく笑うことに全力を注いでいた。そんな二人を見て、母と祖母も一緒になって笑っていたのである。あのころ、喫茶店の中は明るい笑い声で満ちていた。

（やっぱり……）

コウに会わなければいけん。

ユキの中で、その思いが膨れ上がる。

学生の一幸に会ったその日にコウの消息がわかったのだ。

そこには、先ほども考えたように神の啓示のような特別な力が働いている気がする。

（なにより……）

今、コウに会いに行かなければ、俺はこれから一生、コウに会うことはできなくなるだろう。今、動かなければ、なにか大切なものをごっそり失ってしまう気がする。

ユキはスマホを取り出し、勤めている工場のシフトを確認した。

（明日か……）

シフトは明日が休みだった。そのことを確認したユキは、そういえばさっきも確認したよなと思って鼻から息を吐き出した。明日は一日中小説を書くことができると思ったばかりだったはずだ。

（どうやら俺もばあちゃんに負けず劣らずで……）

物忘れがひどくなっているようである。

きっと睡眠が不足しているせいだろうとユキは自分に言い聞かせて、それもさっき考えたことだよなと自嘲気味に笑った。

四

広島駅から東京駅に向かう新幹線の中、ユキはぼんやりと外を眺めていた。普段なら新幹線乗車中は原稿の執筆に取りかかるのだが、今はあえてそれを放棄している。昨日の夜から朝までノートパソコンと向かい合ったが、結局一行目は出てこなかったのだ。そんな状況で書こうとしてもどうにもならないことはわかりきっている。

（あの子は掴みかけとったようじゃけどね）

トンネルに入り、窓に映る三十歳の自分を見ながら、ユキは溜息をつく。そして、先ほど広島駅で会った一幸のことを思い出す。

今朝の広島駅。新幹線乗り場に向かうユキは、改札の前で見知った顔を見つけた。

「一幸くん？」

昨日、ファストフード店で一緒になった一幸だ。

「……ああ。また会いましたね」

名前を呼ばれて飛び上がりかけた一幸は、自分を呼んだのがユキだと気づいてすぐに落ち着きを取り戻したようだった。大きなリュックサックを揺すりながらユキのもとに小走りで駆けて来る。

「どうしたん、こんなところで？」

度重なる偶然にユキが驚いていると、一幸は首をかしげて、

「そちらこそ」

　と全身を見渡してきた。

「ちょっと東京に行くことになってね」

「はあ、東京ですか……」

「一幸くんは？」

「……僕は、あれです。広島を学ぼうと思って」

「学ぶ？」

「昨日、話をして思ったんです。僕、意外と広島のこと知らんなって。ひきこもっていたからかもしれません。だから自分の目でしっかりと見て、ちゃんと学ばんとなって、そう思いました」

「その荷物は？」

「アイディアが湧くまで帰らないつもりです。親にそう言って出てきました。宿泊のためのグッズがこの中に入っています」

「それにしても大きいね。まさか、枕が入っとったりせんよね」

「どうしてわかったんですか？」

　一幸が目を大きくする。ユキはこめかみを掻いて苦笑する。

「もしかして、ひとりで泊まるのはじめて？」

「そうなんです。あれこれ用意しとったら多くなっちゃって」

「なんというか、すごい行動力じゃね」

　もともと積極的な性格なのかもしれないとユキは思った。目の前の若者からは、自分の信じた道を突き進むといったたくましさが見てとれる。

（いや、違うか）

リュックがぶつかり、顔を向けられたサラリーマンに、

「……あ、えっと。すみません……」

と小声で呟く一幸を見ながらユキは思い直す。

（もともとはやっぱりおとなしいのだ）

ただ、デザインを仕上げたいという思いが一幸を突き動かしているのである。それだけの情熱を自分の未来に注ぐことができているのだ。

（すごいな）

ユキは感嘆した。自らの苦手を克服してでも前に進もうとするエネルギーは自分からは失われつつあるものだ。それを持っていることがやはりうらやましい。

「いいデザインができるといいね」

ユキが言うと、一幸はまばたきを繰り返し、だが、すぐに、

「がんばります」

と恥ずかしそうな笑みを浮かべた。

うなずいたユキは、

（俺もがんばらにゃいけん……）

まずはコウのことだ、そう思いながら一幸と別れたのである。

（それにしても……）

流れ行く景色を眺めながら、ユキは思考を自分のことに向ける。

新幹線に乗るのも久しぶりだ、そんなことを考える。

（前回東京に行ったのはいつだったじゃろう）

深くシートに腰かけながら、過去を思い返す。

新人賞を受賞し、小説家としてデビューしてから六年。デビュー作がいくつかの文学賞にノミネー

トされ、それなりに知られる存在になったが、その熱はすぐに冷めてしまった。数社の出版社から依頼を受けて書いたその後の七つの作品は、あまり話題に上ることなく埋もれていった。デビューして間もなくの頃は、雑誌の取材やら対談やらで数か月おきに東京を訪れていたのだが、今はそれもなくなっている。残っている東京の二社からの仕事を終え、その作品の売れ行きが悪かったら、きっともう東京に招かれることはないだろう。というより、書くことさえできなくなるかもしれない。追い続けた夢を諦めることになってしまうのだ。

（夢か）

ユキは溜息を洩らす。新幹線は今、名古屋を発車したところである。ここからなにもない時間が新横浜まで続く。あれこれと考えを巡らせるには格好の時間に思えた。ユキの思考は再び過去に飛んでいく。

ユキが小説家を目指したのは、十四歳のころだった。同級生のコウの存在が、自分の中の思いに気づかせてくれた。ユキとコウは、小説家と漫画家になることをそれぞれ夢見る、友人であり、ライバルであった。

コウは小学四年生から不登校になっていた。別にいじめられたわけではないと、当時クラスメートだったユキは思っている。コウはほとんど喋らない子だったのである。いつも教室の隅の方にいて、寂しそうにしながらクラスメートを眺めていた。だから、コウが学校に来なくなっても気にする者はひとりもいなかった。元々いるかいないかわからないような存在である。来なくなったって、別に困るようなことは一つもなかったのだ。

ユキもそう考えるうちのひとりだった。ユキは勉強ができ、所属するサッカークラブでもエースストライカーとして活躍するなど運動神経もよかった。祖母に似たのか性格は明るく、いわゆるクラスの人気者の位置におさまっていた。コウの不登校を気にかける必要性はどこにもなかった。ユキの毎日は充実していた。

二人が再会したのは、中学二年生の夏である。前日のサッカーの試合で右足首を負傷したユキは、月曜日の朝、学校を休んで病院に向かった。ケガは捻挫で、安静にしていれば治るとのことだったが、付き添ってくれた母が伯母の美津子の個展を見て帰ろうと言うので、ユキは足を引きずりながら付き合うことにした。母が営む喫茶店は月曜日が休みで、伯母は広島での個展を三年ぶりに開催していた。

伯母が描く絵はどれも家族をテーマにしたものだった。くねくねと曲がりくねったような絵は世界中で高く評価されていて、それらは多くの美術関係者の評判の的になっていた。そんな伯母の作品を見て回ったユキは、会場の出口で、

「あっ……」

と自分を見て立ち止まる少年と出会った。

それが、十四歳になったコウだった。

ただ、このときのユキは、目の前の少年が誰なのか気づかなかったのである。四年ぶりの再会である。しかも相手は、いるかいないかわからないような存在だったのだ。覚えているはずがなかった。

だがコウの方はというと、目立つ存在だったユキを覚えていたようで、コウはユキの目の前で口を開けて固まったあと、急に、踵を返して走りはじめた。

咄嗟のことに、ユキは思わず追いかけた。知らない子に、あっと言われ、挙句に逃げられたのであれば、見過ごすわけにはいかなかった。思春期を迎えたユキだったが、性格は相変わらずガキ大将的なところが残ったままだった。

コウは必死になって逃げた。が、とにかく遅かった。捻挫した足をかばいながら追いかけるユキにすぐに捕まり、肩に手をかけられた。その拍子に転んでしまう。足をもつれさせながら地面に突っ込むという派手な転び方だ。普段、運動していないことがありありとわかるコウの鈍重さに、ユキは溜息を洩らしながら近づいた。

コウは転ぶと同時に、持っていた手提げかばんの中身をぶちまけていた。アスファルトの上を風に

吹かれて転がっていくのは紙である。それをコウは起き上がって必死に集めようとしている。その様子を見て、もう一度溜息を洩らしたユキはコウを手伝うことにした。顔を真っ赤にしながらそそくさと動き回るコウの姿には哀れさを掻き立てるものがあった。そうして紙を拾いはじめたのだったが、ユキはそこに描かれているものを目にして、眉をひそめた。

紙に描かれているのは、どうやら漫画らしかった。仮面をかぶったヒーローが活躍する四コマ漫画である。明らかに素人が描いたと思わせる稚拙さが随所に見受けられたが、絵のうまさだけは目を引いた。自分と同じ年齢の少年が描いたとは思えない出来である。コウの絵は、伯母の美津子の絵をさんざん見て目が肥えているはずのユキでも思わずうなってしまうほどの水準にあった。

だがユキは絵に驚いただけではなかったのである。

ストーリーにも引き込まれていた。

気の弱い少年が仮面をかぶることで強気になるという設定の四コマ漫画は、わかりやすくて、その分、すらすら読み進められた。ユキは拾い集めるコウから紙を奪っては漫画に目を通した。漫画は十枚ぐらいだったが、それだけでも満足することができた。同時に、激しい嫉妬心が膨れ上がるのを感じた。

（なかなかできとるじゃん）

ユキはサッカーが得意だったが、それ以上に本を読むことが好きだった。自分で小説らしきものを書こうと試みたこともある。そのときは少し書いて終わってしまったのだったが、コウの漫画は一応完成しているという点でも、ユキの数段上を行っているように思えた。

「あの……。返してくれん……？」

目の前の少年がおそるおそるといった様子で聞いてくる。ユキは、

「なんで逃げたんや！」

いきなり怒鳴った。

「え……」

少年が目を泳がせながら下を向く。ユキは口ごもる少年にずけずけと質問を浴びせかけ、かつてクラスメートだったコウだということを聞き出した。

「それでコウ。お前、他にも漫画描いとるんか？」

ユキはコウの胸に漫画の束を押し付けた。

「あ……。うーん……」

「見せろ」

「いや、それは……」

首を振るコウを見て、ユキはイライラを募らせた。コウの反応からして他の作品があることは明らかである。学校に来ず、一日中家にいるのだ。その間に描きためているに違いなかった。それを隠そうとしているところが腹立たしい。

（脅してでも持ってこさせてやる）

そう考えたユキだったが、ふと思い立って後ろを振り向き、にやりとした笑みを浮かべた。今、自分たちが出てきた建物を見上げたユキは目を細めながら、コウに近づいていく。

「ところで、コウくん。大垣美津子に会いたいと思わんか？」

「大垣美津子？」

「漫画見せてくれたら、大垣美津子に会わせちゃるぞ」

「え？」

「好きなんじゃろ？　わざわざ個展見に来るぐらいなんじゃけ」

「そりゃ……、まあ……」

「大垣美津子は俺の伯母じゃ」

「え？」

「大垣美津子ならいつでも会わせることができるで！」

「ええ！」

以来、コウとの付き合いが始まったのだった。

コウは伯母のアトリエに行った帰り、アトリエから歩いて五分の母の喫茶店に寄った。興奮しながらコーヒーを飲んだコウは、どうやらこのコーヒーが気に入ったらしく毎日のように通うようになった。というのは半分しか合っていなくて、ユキが喫茶店に来るよう命じたのだった。

「一日中、家におったらネクラがひどくなるで」

そう言って、無理に連れ出したのである。というのも半分しか合っていなくて、実は最初はコウの家にユキが遊びに行ったのであった。

共働きのコウの家は、時間を気にせず入り浸るには格好の場所に思えた。だがしばらくするうち、コウの家に行くことがユキには億劫で仕方なくなるようになった。

コウの家族は、父親が東京に単身赴任しており、母親も保険会社に勤めていて親の目はなかったが、四歳違いの姉がいた。この姉がなんとも面倒くさい女だった。遊びに行った当初は、ひきこもりのコウが友だちを連れてきたことに驚き、歓迎してくれたのだが、何度も通ううちユキに慣れたのか、コウの部屋に勝手に入り込んできてはあれこれ喋り散らすようになった。しかもそのほとんどが自分の話題なのである。聞いていてもまったくおもしろくなかった。そのように自分はぺちゃくちゃと喋るくせに、ユキとコウが部屋で笑い声をあげていると、

「こっちは受験生なんじゃけ、静かにしてや！」

と怒鳴り込んでくるのである。その日の機嫌によって性格ががらりと変わってしまう、そんなタイプの女だった。コウはこの姉を普通だと思っているらしく、ごめんと苦笑いを浮かべながら従うのだったが、一人っ子のユキはその理不尽さに怒りを通り越してあきれていた。どうしてこちらが気をつかわなければならないのか。しかもいつの間にか自分までもが弟のような扱いを受けるようになっているのである。

（地雷原のような女じゃ）

コウの気の弱い性格は、この姉が原因なのではないかとユキは考えた。少しでも意に沿わぬことをしてしまった瞬間、爆発するのである。なにか言葉を発するにしても、いちいち躊躇せずにはいられない。そうした環境でコウは育ってきたようであった。

ユキはコウを母の喫茶店に連れ出した。伯母のアトリエに行った日に誘い、そのときにコウも喫茶店を気に入ったと言ってくれていたし、通うことに抵抗を示さないだろうと思った。そうしてコウは喫茶店に通うようになったのだが、ユキは中学校の友だちとコウが鉢合わせしなくて済むよう、正午ごろ喫茶店に来るよう勧めた。コウは、そのことに納得し、以来、ユキが学校に通っている間、カウンターの隅に座って鉛筆を走らせ続けることになる。そしてユキが学校から帰って来た途端、二人で一緒に過ごすのだった。

このように昼間のコウは喫茶店で漫画を描いて過ごした。そのことに関して、ユキの母と祖母はなにも言わなかったそうである。

「学校はどうしたん？」

そう困った顔を浮かべられることもなかったとコウからは聞いている。母と祖母は、むしろコウがカウンターの隅で絵を描いていることを喜んでいるようであった。それでコウも気兼ねなく、一日中漫画制作に取りかかることができたのである。

一方のユキはというと、コウと一緒に過ごすことに居心地の良さを覚えるようになっていた。それは、話が合ったことが一番の原因だったかもしれない。コウはよく本を読んでいた。ユキもよく漫画を読んでいた。物語が好きな者同士、発想の仕方も似ているようであった。さらに二人とも、好きが高じて自分の作品を作りたいと思うようになった仲でもあったのだ。

ユキは小説で、コウは漫画である。

そうしたところも気が合うと思った。創作を志す者が二人、話をすれば食事も忘れるほど盛り上がり、創作談義はいつまでも続いた。ユキはコウと話をすることがおもしろくてたまらなくなり、足首のケガがひと月ほどで治ってからもサッカーの部活にはあまり顔を出さなくなってしまった。この頃にはユキもコウの影響を受けて、小説の制作に取りかかるようになっていて、授業中も隠れて小説を書き、学校から帰って喫茶店に飛び込んでからは、辺りが暗くなるまで、それぞれの作品作りに没頭して過ごした。それが半年ほど続いた。

三月の初め、ユキは中編小説を一つ書き上げ、コウは短編漫画を一つ仕上げた。

一度、冬にお互いの作品を見せ合い、感想を言い、意見を言い、相手をこてんぱんにけなしてから、またそれぞれの修正作業に入ったのだったが、それも、ついに完成したのである。

ユキははじめて書き上げた小説に自分でも驚くほどの手応えを感じていた。コウもコウで満足しているようである。

なによりユキは、ノートに物語を書き連ねることがこんなにも楽しいのだということにはじめて気づいたのだった。

（コウがいたからかもしれん）

これまでを振り返りそう思う。同じように作品を作ろうとしているコウが近くにいてくれるだけで気持ちが励まされる気がしていた。アイディアもたくさん湧いてきた。ノートに文章を書き連ねながら次の展開を相談したり、行き詰まったときには冗談を言い合ってリフレッシュしたりと、そうしたことが何度もある。そして再び創作に取りかかる日々だった。

コウが一緒にいてくれたおかげでいくつもの小さな壁を乗り越えることができたし、その乗り越える苦しさも、また楽しかった。ユキは、

（俺は物語を作ることが好きなんじゃ）

そう思い、将来小説家になりたいと明確に意識したのである。

その思いはコウも一緒だったようだ。はじめて四コマ以外の漫画を描いたコウは、元々漫画家にな

りたいと思っていた意志をさらに強くしたらしかった。コウは、描き上げた作品を新人賞に応募すると意気込んでいたし、それならばとユキも応募することを決めた。ユキとコウはお互いをライバルだと意識しており、こいつにだけは負けたくないと思っていた。だが、二人はそれ以上に親友だった。相手がすることと同じことをしたいと思っていた。

　そんな二人に、一度だけ母が、

「ユキが物語を書いて、コウちゃんが漫画にすればいいじゃない」

と口にしたことがある。母は仲の良い二人を見て、特に深く考えずに言ったのだろうが、そのとき二人は、はっとなって顔を見合わせると、すぐに首を振ったのだった。

「俺は物語を文章で表現するのが好きなんよ」

　ユキがそう言えば、

「……僕は絵を描きながら物語を考えていくのが好きなので……」

コウもそのように返したのである。

ユキは小説、コウは漫画。

二人ともそのこと以外を考えることができなかった。もし大人になって、ある程度実績を積むことができたなら、また別の表現方法を考えることもあるかもしれなかったが、今は、自分たちの好きなことに全力を注ぎたいと思っていた。夢に向かって突き進んでいけることにワクワクを感じて仕方なかった。

　そんな二人に突然の別れが訪れる。桜が咲きはじめた春休みのことである。

「どういうことなん？」

ユキはカウンターを叩いて、隣に座るコウに迫った。

「ごめん……」

コウはいつもの通り目を下げたまま、聞こえないような声で言った。それがユキの怒りをさらにかり立てた。

「なんで、姉ちゃんが東京の大学に行くけぇって、お前までついて行かにゃいけんのよ！」

「……姉ちゃんじゃないんよ。かあさんの東京への転勤が決まったけ……」

「一緒じゃろうが！　お前の姉ちゃんに合わせて行くんじゃろうが！」

「うん……」

ユキは腕を組んで、椅子にどかりと腰を下ろした。コウが言っていることがまったく理解できなかった。

コウの話では、コウの母親が勤める保険会社がどこかの大企業の傘下に入ったらしく、そのために母は東京への転勤を言い渡されていたとのことである。だが母親はコウの姉が高校を卒業するまではと、一年半に渡り転勤を伸ばしてきたのだそうだ。それがこの度、姉の東京の大学への進学が決まり、それを機として転勤を受け入れることができるようになった。もともとコウの姉はそれを見越して東京の大学に受験先を絞っていたようだし、母親としては、不登校のコウも、環境を変えれば学校に通えるようになるのではないかとの期待も抱いていたようである。東京にある、自由な校風で知られる中高一貫の学校への転校がすでに決まっているのだそうだ。

「なんで、黙っとったんよ！」

そのことがユキには悔しかった。いや、他にも悔しいことはたくさんある。だが、コウにぶつけることができるのは、内緒にしていたという一点しかないのだった。他は大人が決めたことである。十四歳のユキがいくらわめきたてたところで、覆すことはできない。

「ごめん……」

コウがうなだれながら言う。怒りをぶちまけるユキに、反論したいことは山ほどあるはずなのに、それらもすべて受け止めてしまうのがコウだった。徹底的に受け身の性格をしているのだ。

「俺から離れたら、お前、漫画描けんで」

ユキは再び立ち、コウの肩を激しく揺すった。

「お前ひとりじゃ、絶対に描けん！」

「うん……」

「またひきこもりに戻るで。ひとりで誰も見ん、しょぼい四コマを描いて終わりで」

「うん……」

「くそ……。転校ってなんだよ……。学校来とらんくせに……」

「ごめん……」

三月の喫茶店に沈黙がたちこめる。

カウンターの内側の母はなにも言わなかったし、祖母もなにも言ってこなかった。午後の店に客は一人もおらず、誰も言葉を発しないまま時間の流れが永久に止まってしまう気がした。ただ、ユキとコウの前に置かれたコーヒーだけはゆらゆらと湯気を立ち上らせていたのである。はじめてコウが飲んだ日、おいしいと目を見開いてとりこになったコーヒーだ。たしか神戸から取り寄せていると聞いた、そのコーヒーの湯気だけが渦を巻くようにして空中を漂い、今、コウと言い争っていることが現実の出来事なのだとユキの胸を締めつけた。

（本当にコウは行ってしまうんじゃ）

ユキは唇をかみしめる。

誰もなにも言わないまま五分は経っただろうか。ちょうど新しい客が入って来たのを機に、ユキは喫茶店から飛び出した。あてもなく走り、息が切れて走れなくなってからは広島の町をぶらぶらと歩き回った。

（結局、あの日以来、コウとは会っとらんのか）

現れては消えていく車窓の景色を眺めながらユキは思う。新幹線は小田原駅を通過したところだった。東京へはあと三十分ほどで着く。十六年の時を超え、こんなにもあっという間にコウのそばまで近づいてしまった。

（コウは、覚えてくれとるじゃろうか）

ユキはシートに座り直し、いや覚えてくれとるはずじゃと思い直す。少なくとも二十四歳までは覚えてくれていたはずなのだ。だってコウは、あれからも漫画を描き続けてきたのだから。

お前、漫画描けんくなるで。

そうコウに言い捨てておきながら、創作から遠ざかったのはユキの方だった。春休みが明け中学三年生になったユキは、小説を書くことを一切やめ、書き上げた小説を新人賞に応募することもないまま、サッカー部に戻った。部活の仲間は数か月ぶりのユキの復帰に戸惑っていたが、実力が特別落ちているわけではないことに気づくと、多少のやっかみはあったが、やがて受け入れてくれた。ユキは、中学、高校とグラウンドを駆け回ることで青春を過ごした。

一方でコウは漫画を描き続けていたのである。

そのことを知ったのは、ユキが大学に進学してすぐのことだった。ある漫画週刊誌の新人賞でコウは佳作を受賞していた。最初、何気なく目を通していた雑誌で、

（俺と同じ十八歳のやつが受賞しとる）

と思ったユキは、詳しく見てみると、作者の欄にコウの名前があることに気づいた。

瞬間、ユキの中でなにかが弾けた。

悔しさよりも先に喜びが込み上げてきた。

喧嘩別れをした相手が賞を取ったのだ。だが、それまでは無二の親友だった相手である。叫び出したくなるほどのうれしさだった。まるで自分が褒められたように……。いや、きっとそれ以上にうれしく、誇らしかった。

その興奮がユキを再び小説に向かわせたのである。相変わらず本は読み続けていたが、物語を書くことからは遠ざかっており、自分は再び書けるのかという不安はあった。

だが、いざ書きはじめてみると、執筆に没頭した。

物語が次々と浮かんできて、自分がその物語の世界に立って呼吸をしているような気分になった。コウを感じていたからかもしれないとユキは思う。ユキは小説を書いている間、母の喫茶店でコウと肩を並べ、それぞれの物語を作っていたあのころのように、友の存在を近くに感じていたのだ。

（コウもまた、今、俺と同じように物語を考えているのだ）

そう思うと、自分もがんばらなければならないと思えた。姿は見えないがコウはいた。コウを意識することで、勇気を得て物語を書き進めていくことができた。

そうして一年かけて書き上げた長編小説は、ある公募小説新人賞で二次選考で落とされた。はじめて応募した作品が二次選考に残ったのだから自信を持っていいのかもしれなかったが、ユキは、まだまだだと思った。

（俺たちの力はこんなもんじゃない）

もっと書きたいと思った。もっともっと自分の物語世界を広げていきたいと思った。

その後もユキは小説を書き続け、単位ぎりぎりで大学を卒業してからは広島の自動車関連の工場に派遣社員として就職して小説を書いた。作品を仕上げるたび、新人賞に応募した。そうした日々を過ごすうち、二次からだんだんと上がっていき、最終選考まで進めるようになった。だが、そこで止まってしまったのである。あと一歩という手応えはあったが、その一歩を越えることがどうしてもできず、小説家になるという夢は叶わずに時間だけが過ぎていった。

一方のコウはというと着実に漫画家としての道を歩んでいるように見えた。

週刊誌に読み切りの作品を三作掲載し、それはユキの目から見ても、全身に震えが走るほどにおもしろい作品だった。実際、プロの編集者からの評価も高かったようで、二十歳のころ、ついに週刊誌での連載が決まった。それをユキは心躍らせて読んだ。毎週、週刊誌を買うのが楽しみで仕方がなかった。コウの内面に広がる壮大な世界を感じられて、そこに踏み入れることができる喜びに胸の高鳴りを感じずにはいられなかった。

だが、コウが描く世界はあまりに壮大過ぎたのかもしれない。ユキにとってはおもしろくてたまらない展開も、読者には置いてきぼりをくったような感覚を抱かせてしまったようである。コウの漫画は雑誌の後ろの方で掲載されるようになり、ついに連載は一年ほどで終わってしまった。これからさらに盛り上がるぞと期待を抱かせるタイミングでの唐突な終了である。打ち切りだということは誰の目にも明らかだった。

それでもコウは描き続けたのである。別の雑誌で再び連載の機会を得た。

それは物語としてのスケールは小さくなっていたが、その分、人間の心の奥深くに潜り込んでいくような意欲的な作品で、やはりユキにとってはおもしろくてたまらない作品だった。だが、これも一年ほどで終わる。暗い漫画だという印象が強く出てしまったのかもしれなかった。読者からの評判は良くなかったようだ。その後、再び他の、今度は月刊誌でコウの連載は始まったが、そちらに関しては半年ほどで終了している。以来、コウの名前が漫画雑誌に載ることはなくなった。

ちょうどコウが漫画界から消えたのと同じ頃である。ユキはある出版社主催の新人賞を受賞し、小説家としてデビューすることができた。そのデビュー作が評判となり、いろいろな出版社から依頼を受けて、ユキは慌ただしい日々を過ごすようになった。が、その後は、まるでコウの後を追うように右肩下がりになっていった。同じ時期にデビューし、一緒に酒を飲んだことがある何人かの作家は、世間で評判になる作品を次々と発表しており、中には大きな文学賞を受賞する者まで現れている。だがユキはそのような作品を生み出すことはできなかった。発売して数週間は書店に並ぶが、その後はどこに消えたかわからなくなるようなものばかりである。そのあまりに厳しい現実にユキは呼吸ができなくなるほど苦しむことになる。

（この世界で生き残っていけるのは才能に恵まれたわずかな者だけだ）

自分のような、少しできる程度の才能ではない。飛び抜けた才能の持ち主が必要とされているのだ。

そうした才能を持っている者が世の中にはうじゃうじゃいる。そのことをユキは、小説家になってはじめて知った。その化け物のような者たちの中で、ユキは、あまりに普通の人間だった。小説家として居場所を得ようと思ったこと自体間違っていたと思わせるほど、力の差は歴然としていた。

それでもユキは足掻いてみたいと思ったのである。足掻けるチャンスがあるうちに足掻かなければ一生自分を恨むと思った。そして、その最後のチャンスが今訪れているのである。

(今、もらっている仕事を形にしなければ)

とユキは思う。自分が生まれ育った広島の物語だ。広島を表現することは、自分を表現することと同じだとユキは考えている。納得のいく作品を作り上げることができれば、自分もそこからまた新たな一歩を歩み出すことができるようになるのではないか、そう思っている。

だからこそ、悩んだ。

この作品に人生が左右されているのだと思うと、なにがなんでもよい文章にしなければならないと思う。その思いが悪い方向に働き、出だしすら書きはじめることができなかった。ユキは完全に行き詰まってしまった。

そんなときにコウの居場所を知ったのである。しかも学生の一幸と出会った、その日の出来事である。

瞬間、ユキは、

(コウに会わなければならない)

と思った。

コウに会って、一緒に小説を書いていたあのころの感覚を思い出すのである。

そうすれば、再び物語を書けるようになるのではないか。

なにもコウに会ったからといって、突然上手な小説が書けるようになるとは思わなかった。そこには技術的な問題も介在している。だが、少なくとも、今のどうにもならない状態からは脱することができるはずなのだ。

今までも、節目節目でコウに会ってきた。十四歳のころ。十八歳のころ。そして、デビュー作を書いていたときもコウはすぐそばにいた。

（コウも苦しみながらがんばっとる……）

だから自分もがんばろうと、そう思うことができた。きっかけとなる小説を書いたときは、いつもコウを感じていたのだ。

ユキは胸の内側に冷んやりとした緊張を覚えながら、そっと目を閉じた。新幹線はいつの間にか品川から東京駅へと向かいはじめている。コウまであと少しだ。

五

コウのカフェは想像していたものとは違っていた。

ユキは、もっと落ち着きのある場所だろうと考えていたのだが、内装、それからテーブルや椅子などの調度類まで、ありとあらゆるものがスタイリッシュで、店全体がセンスの良さを感じさせるものだった。

東京の住宅地という立地のためか緑の看板をかかげたコウの店自体はそれほど大きくなかったが、店内は客で賑わっていた。女性客が多く、それらは、皆オシャレを意識していることがわかる人たちで、そうした客で混雑していることにユキは場違いな感じを覚えずにはいられなかった。ただ、その一方でユキは、このようなお店こそ、東京で暮らす、とりわけ洗練された人たちには落ち着ける場所なのかもしれないな、などと考えた。

母の喫茶店で育ったユキにとって、そこで一緒に過ごしたコウがこのような店を開いていることに、月日の流れを感じずにはいられなかった。なんとなく、コウは自分とは離れた場所に行ってしまったのだなという感慨を抱いた。それを突き付けられることは想定の範囲内だったし、そのために会うことに多少の不安を感じていたりもしたのだったが、いざその場に立ってみると、やはり寂しさは募った。

だが、通されたカウンターで飲んだコーヒーはまさしくコウそのものと言っていい味だったのである。

母の喫茶店で出されているコーヒーとそっくりだった。

コウは、母のコーヒーに独自の改良を加えたらしく、香りも苦みも少しだけ増したコーヒーを出していた。そうしたちょっとした変化が逆に懐かしさを呼び起こさせた。十四歳のころに飲んでいたコーヒーこそ、まさにこのコーヒーだとユキは思った。大人になって飲んでいるコーヒーより、あのときは深い苦みを感じていた。まだ舌がコーヒーに慣れていなかったせいかもしれなかった。いや、すべてを新鮮に受け止めてしまう時代だったのである。そうしたところを、コウは一杯のコーヒーで表現しようとしているらしかった。

店に入ったとき、コウはカウンターに座ったユキを見つけて、一瞬固まり、すぐに自信のない笑みを浮かべた。それから無言でコーヒーを出し、飲み終わったころに、

「六時半にまた来てくれないか……」

とささやいてきた。

「店は六時までだから、その後ならゆっくり話せると思う」

コウは付け加えてそう言った。ユキはうなずき、会計を済ませて店を出た。

そして今、ユキはカウンターにコウと隣り合って座っている。

客が入っていなくても、やはり店内はまばゆさが散りばめられているように思えた。なんとなく居心地の悪さを感じながらコーヒーを飲んでいるユキだったが、それでもやっぱりうまいと思った。このコーヒーを飲むためだけに通ってもいいなとユキは思った。

「おもしろそうだね……」

広島駅の新駅ビルを舞台にした小説を書いていることを話すと、コウは聞こえるか聞こえないかの声でそう言った。後ろめたそうな笑みを浮かべているのは元々の性格からなのか、それともかつての

友だちに遠慮しているからかなのかはわからない。カフェで再会してからというもの、コウとは一度も視線が合っていなかった。

「これが、なかなか難しいんよ。いい出だしが浮かんできてくれん」

ユキがカップを置くと、コウは、

「ユキは感覚で書くところがあるからな……」

と困ったような顔をした。聞いたユキは、

（ああ、そうか）

不意に納得する。

俺はあのころのまま書き続けているのかもしれないなと思った。あのころもコウに指摘されたのだ。初めて作品を完成させて交換し合った冬の日。それから数日経った昼下がりに、母の喫茶店で、それぞれの批評をぶつけ合った。そのときコウは、

「ムラがある気がするな……」

と指摘してきたのだ。

「気分が乗って書いたところと、そうではないところがわかってしまうんよ」

それをなくさんと、とコウは続ける。

「ユキが気分が乗らずに書いたシーンで、続きを読みたい気持ちが一気に冷めてしまう」

「コウのくせに生意気だぞ」

当時はそう憤ったユキだったが、今思えば、それは癖として今も残り続けているようである。ユキは確かにどんどん書き進められるときと、どんなに悩んでもまったく書けないときがある。それでも歯を食いしばるようにして文章をひねり出すのだったが、そうして書いた箇所は、編集者から、

「ここ、もっと熱を込めてください」

と指摘を受けるのであった。

「そういうコウだってな……」

ユキは反撃を口にしかけたが、ふと口をつぐんだ。横目でうかがうと、コウはコーヒーカップを手にしながらも、ぐっと目を閉じていた。ユキはコーヒーを口に含み、天井の方に顔を向け、そっと息を洩らした。

(突き抜けてほしいところで躊躇(ちゅうちょ)が見えとったで)

コウが連載していた漫画の話である。

一番盛り上がらなければならないところで必死になって突き抜けようとしている感じが伝わってきた。そのためにあと一歩というところで盛り上がり切らず、読者はカタルシスを削がれたような気持ちを抱いてしまうのだ。作品世界は緻密に構成されているのに、一点、突き抜け切れないところがコウの作品の欠点だった。それは十四歳のころの作品にも表れていたとユキは考えていた。

ユキはそのことを伝えてやりたいとずっと思っていたが、それを伝えたところで、今のコウには響かないだろうと思ってやめた。

コウはもう漫画家ではなくなっているのだ。

六時半にこのカフェに来て、ぎこちないあいさつを交わしたあと、コウがユキの小説家デビューを祝福してきた。ユキの作品は必ず買って読んでくれているという。特にデビュー作は勢いがあって、疾走感を抱いたまま一気に読み進めることができたと言ってくれた。

そのことを伝え終えたコウは、

「もう、漫画は描いてないんだ」

自ら切り出してきた。そして自らの体験を語った。

連載の締め切りに追われ、自分でもなにを描いているのかわからなくなってしまったこと。それでもなにかを描かなければと思って必死に頭を働かせるのだが、この頭というやつが使い切った歯磨き粉のチューブのようになにも出してくれなかったこと。愕然とする毎日の中、なにもかもが怖ろしく思えるようになってしまったこと。多くの人に迷惑をかけたこと。路線を変えて描こうとしたが、それもやがて描けなくなってしまったこと。結局、それ以上は辛くなり、学校に行けなくなった小学四年生の頃と同じように部屋に閉じこもってしまったこと。常に自分の中心にあった漫画から離れる決意をしたこと。

そうしたことを、コウは、話すことが苦手なくせに、懸命に語ってくれた。つっかえつっかえしながらも、すべてを話そうとするコウの姿は、誰かに向かって必死に懺悔しているように見えた。

漫画家を諦めて引きこもるようになったコウは、高校の先輩が営むカフェに無理やり連れ出され、そこで働かされたのだという。ユキ以外で唯一仲良くなれた相手がその先輩だったそうだ。その先輩も小説を読むことが好きで、そのために話が合ったのだったが、先輩は一年前、突如放浪の旅に出ると言ってブラジルに飛び立っていった。それで押し付けられるようにしてカフェを譲られ、今、オーナーにおさまっているというのである。

「どうりで」

聞き終えたユキは店内を見渡しながら、そう呟いた。違和感の正体を掴めた気がしていた。

「テーブルやら椅子やらは、その先輩の好みってわけね」

コウにしては落ち着きがなさ過ぎるもんな、そう付け加えたが、意外にもコウは首を振ってきたのである。

「……先輩が使っていたのは半分くらいなんだ。窓際のテーブルや椅子は僕がオーナーになって入れ替えたものだ」

「窓際？　さらにオシャレ感が増しとるように見えるで」

「うん……」

「コウが選んだん？」

「……まあ、ある意味そうなのかもね」

コウはひどくあいまいな返事をした。ユキはコウの、なにかを含んでいるような表情を見て、それ以上は店のことには触れない方がいいのだと察した。

「というわけで、あれこれ悩んどったところでお前を新聞で見かけて会いに来たってわけだ」

ユキはももを両手で叩き、話を自分のことに戻した。コウがちらっと上目遣いして、目が合いかけた途端、下にそらす。

「……ありがとう。でも……」

「なんだ?」

「……僕じゃ、力になれない気がする」

「知っとる」

ユキは即座に答えた。

「これは俺の問題じゃ。お前にどうこうしてもらおうなんて思っとらん。お前の助言を求めてここまで来たわけでもない。ただ……」

「ただ?」

「……いや、なんでもない」

「……そう」

コウはカップに口をつけると、それをカウンターに置いた。瞬間、二人の間に沈黙が降り注ぐ。声を発した途端大切ななにかが壊れてしまう、そんな沈黙だった。

(十六年前の春に経験した……)

あのときの沈黙に似ているなとユキは思った。コウが転校を切り出したあのときだ。あの日も、二人は黙ったまま、カウンターに座り続けるしかなかったのである。

あの日は店に客が入ってきて沈黙は破られたのだった。同時にユキは喫茶店から飛び出した。そして、それ以来二人は顔を会わせることがないまま、それぞれの人生を十六年間、過ごし続けてきたのである。

（今、沈黙を破る者の出現は期待できんね）

カフェは閉店し、客はもう店には来ない。沈黙を破るためには自ら声を発するしかなかった。そして、声を発した瞬間、再び会うことは永遠にできなくなると、なんとなくそのことに気づいていた。

「ふう」

それでもユキが声をかけようとすると、同じタイミングで店のドアが開いた。冷たい風が吹き込んできて、二人の周りの空気と混ざり合う。目を見開いたユキは、さっと入り口を振り返った。

「ああ、やっぱり濡れた。東京が雨だったとはね。しかもこれは、雪になる雨ね」

そう言いながら女が入ってくる。肩についた水滴を手で払う女は、ぱっと見でもわかるような美人だった。しかも、怖ろしいほどの美人だ。頭のてっぺんから足の先まで、すべてが整えられている。ばっちりとほどこされた化粧も、一目見てわかる高級そうな服も、文句を言う隙が一つもないといった様子だった。

「あら？」

女は茫然と視線を向けてくるユキに、

「お客さまがいらしたんですね。ごめんなさい」

背筋を伸ばして、営業で使うような品のいい笑みを浮かべた。

「えっと、どうしましょう。はずした方がいいかしら」

「……いや、俺は」

たじろぎながら答えたユキだったが、女の肩が湿っていることに気づいて、

「別に構いませんよ」

と招き入れるジェスチャーをした。それでも女は入り口に立ったままで、

「でも……」

と戸惑う素振りを見せている。ユキとコウのあいだに立ちこめる微妙な空気に気づいたのかもしれなかった。遠慮する女にユキは、

「どうぞ」

もう一度言った。女はうかがうような視線をコウに向けたが、ユキが笑みを浮かべると、

「じゃ、お邪魔しますね」

と、かつかつとヒールを鳴らしながら近づいてきた。濃い香水の匂いが漂ってきた。

「おかえり。福岡はどうだった？」

コウが女に尋ねながら立ち上がりかける。それを制した女は、

「いい。自分で淹(い)れる」

と言ったあと、カウンターの向こう側に回った。女はカウンターの下からカップやらポットやらを取り出し、

「あの……」

とユキに目を向けてきた。

「僕の昔の友だちなんだ……」

女が聞きたがっていることを先回りして、コウが答える。

「友だち？」

女は目を丸くしてユキの顔を見つめた。

「この人が友だちを連れてくるなんて初めてのことだから、なんというか驚きましたわ。お客さまが残られているのかと勘違いしてしまいました」

作ったような笑みを張り付けて、そう早口で言ってくる。ユキは、そんな女の態度に眉をひそめかけたが、どうにかこらえ、代わりに、誰かに似ているなと思いながら女を見返した。

（コウの姉ちゃんだ）

そのことに気づいたのは、女がコーヒーを淹れる準備に取りかかったときだ。てきぱきと動く姿は、かつてコウの家で、頼んでもいないのにお菓子やら飲み物やらを運んで来た女子高生が重なって見えた。気が強そうなところもよく似ているとユキは思う。

（苦手だな）

すぐにユキは直感する。理屈ではなく、なんとなく合わないタイプだと思った。ユキは自分に自信を持っていることを隠そうとしない類の人間が嫌いなのだ。

一方でコウのほうはというと、あたかも普通のことのように振る舞っている。そんなコウを見たユキは、これまたあのころと同じように、

（不思議だ）

と首をひねる。コウはある意味、幼少期から姉に鍛えられてきたのかもしれなかった。そのため我の強そうな女がいてもなんとも感じないのであろう。

（だが俺は無理だ）

いくら飛び抜けた美貌の持ち主であっても、長く一緒にいたいとは思えない。

居心地の悪さを感じたユキは、女の動きを心配そうに眺めるコウを見て、

「そろそろ帰るわ」

おもむろに立ち上がった。

「え？」

コウが声をかけてくるより先に、カウンターの中の女が反応する。

「やっぱり気になりますよね、ごめんなさい。私、コーヒー淹れたら、すぐに奥に移動しますから、どうかそのままゆっくりしていってください」

女が微笑みながら言ってくる。ユキを気づかっているというより、マニュアルに書かれている対応をそのまま実践しているといった印象だ。女はコートを脱いでいたが、そのコートの下のスーツ姿も、

なんというか完璧だった。ユキからしたら肩が凝りそうなほどの完璧さだ。そんな女にユキは首を振って言う。

「いえ、終電があるので……」

「終電って、まだ七時過ぎですよ」

「広島から来たんです」

「広島？　そんなに遠くから？」

「八時の新幹線を逃すと、明日までに帰れません。仕事があるので」

「今日はお勤めを休んで来られたのですね」

「いえ。シフトの都合でもともと休みだったんです。自動車関連の工場で、派遣社員として働いています」

「ああ、工場で」

女が心持ち顎を上げた。ユキは汚れたデニムパンツに黒のセーターを着込んでいた。上着はダウンジャケットだ。別に安物だというわけではなかったが、女にとっては格下として映ったようだ。派遣社員と聞き、ユキがどういう人間か、そしてユキとコウがどのような関係だったのかを、頭の中で組み立てることもできたらしい。

「じゃ、行くけ。急に来たりして、悪かった」

ユキが声をかけると、コウの代わりにカウンターの向こうから返事が返ってきた。

「駅まで送ってあげたら？　きっと外は雪よ。それに、せっかく広島から来てくれたんだから、少しでも長く、ね」

どうぞ私にはお構いなく、そう笑顔を浮かべる女に、ユキは軽い会釈を返す。女に言われたコウは、どうしようかと一瞬迷った後、立ち上がって店の奥に向かい、コートを羽織りながら出てきた。手には傘を二本携えている。

「送るよ」

コウが店の入り口に向かう。ユキはうなずき、それに従った。しばらく歩いたところで、背中に女が声をかけてきた。

「また、いらしてくださいね」

女はあまりに自然すぎて逆に不自然にも見える笑みを浮かべている。一礼したユキは、コウに続いてカフェを出た。

六

夜の住宅地は明るかった。家の灯りやネオンの輝きが飛び交っており、その上クリスマスが近いということもあって、お店も広場もイルミネーションで飾り立てられていた。広島でならちょっとした人気スポットになりそうなほどのきらびやかさがこの町にはあった。だが、傘を広げた人々は特に気にかけることなくスタスタと歩いている。そのすましたような振る舞いに、さすが東京だなとユキは感心した。

街路樹を彩るイルミネーションの周りで、ぽつぽつと火の粉のような輝きが舞っていた。それを見つけたユキは、

「雪だ」

そう言って、空を見上げる。闇の奥から、羽根のような固まりがいくつも降ってきていた。

「……当たったね」

コウが濡れたアスファルトを見ながら、そう呟く。

「さっきの女か?」

「……妻なんだ」

「え？」

ユキは目を見開いた。

「結婚しとったん？」

コウが控え目な笑みを浮かべながらうなずく。

「今日、ユキと久しぶりに会って気づいた。似てたんだなって。だから一緒にいて楽しいと思ったのかもしれないな」

「俺とお前の奥さんか？　全然違うじゃろ」

「いや、似てる。無意識かもしれないけどさ、僕はそのことを感じ取ってたんだと思うよ。強引に引っ張っていってくれるところとか、ね。やっぱり似てるよ」

「いやいやいや。どちらかというと、お前の姉ちゃんじゃろ」

「姉ちゃん？」

コウは一瞬目を丸くした後、すぐに首を振った。

「姉ちゃんは違うよ。姉ちゃんは自分が一番だ」

「お前の奥さんも、そう見えたがな。こう言っちゃなんだが……」

コウはユキを見つめた後、おかしそうに吹き出した。

「なんだ？」

「……いや、違うんだ。やっぱりユキと似ていると思ってさ」

「どこが」

「自分を大事にしているけど、どこかで人に対する優しさも持っている。人の思いに応えるために、自分を強く装うことができる。そういうところだよ」

「なんだそりゃ？」

ユキは眉を寄せた。コウは自分のことを褒めてくれているようだったが、なんとなく腑に落ちない思いがある。自分が苦手だと思う相手と、似ていると言われたことが気に食わなかった。自分も誰かから苦手だと思われているのかもしれないと、ユキは今までの自分の行動を思い返すのだったが、その可能性が十二分にあり過ぎて、憮然と口を尖らせた。

（あの学生も、思っとったかもしれん）

今朝、広島駅で会った一幸のことを思い出す。一幸も自分のことを苦手だと思いながらも、それでもぐいぐいと前に出てくるユキに合わせてくれたのかもしれなかった。その上で、自分の過去や広島のことを語ってくれたのだ。思い返してみるとやっぱり気をつかわせていた気がしてきて、ひょっとすると自分が一番子どもなのかもしれないなとうなだれたくなる。

「ううむ」

そううなりはじめたユキを見て、コウがくっくっと笑う。目を向けると、コウは顔を赤くしながら、ごめんと言い、それでも腹を押さえて笑いはじめたが、しばらくすると急になにかに気づいたように動きを止めた。そして、まるで探し物をするように慌ただしくあたりを見回しはじめ、なんだなんだとユキが思っていると、コウは不意に上空に目を向け、あっと言ったのだった。

「どうした？」

ユキが聞く。

「ちょっと待って」

だがコウは、そう返事をすると、降りしきる雪の音を聞きとろうとでもするように、無言で立ち尽くした。それから意を決したように、大きく息を吸い込んだ。

そのままコウは固まる。

「はあ」

ようやく息を吐き出したときには、どういうわけか、ふっふと再び笑いはじめていた。そして、勢いよくユキを振り向いた。

「ねえ、ユキ」

弾んだ声でコウが呼びかける。

「なんなんだ、いったい？」

「懐かしいことを思い出したんだ。今、空気を思いっきり吸い込んだ拍子に、あのときのことを思い出したんだよ」

「あのとき？」

「やってみなよ、ユキも。ユキの中にも残っているはずだよ」

「なんだ。なに言ってんだ」

疑いの目を向けながらもユキはコウに言われた通り冬の空気を思いっきり吸い込んだ。瞬間、凍てつく風が体内に流れ込んできた。その風が、ある記憶を呼び覚ましてきた。

（これは……）

途端に、ユキも先ほどのコウと同じように身動きが取れなくなってしまう。

意識が過去に引っ張られていく、その感覚がある。過去が全身を包み込んでくるのだ。

（まるで）

十四歳が戻ってきたようだ。

（そうか。あの日も確か雪だった）

ユキは思い出す。

はじめて本格的に取り組んだ小説。夏から作りはじめて、締め切りを年内のクリスマスに設定した。コウと二人、それを目標に日々励み合った。

二人はひたすら作品作りに没頭した。途中、経過を報告しながら、その都度、励まし合いながら、相手の出来具合に焦りを感じ、負けてなるものかと思い、とにかく年内に完成させることだけを目指して書き続けた。

そうしてついに出来上がった日は雪が降っていたのだ。

お互いの作品を交換し合ったユキとコウは、友だちの作品を読む気力など残っておらず、そのくせ、やり終えたという充実感で身体が火照るほどに満たされていた。雪の舞う中、友の作品を手にした二人は果てしない期待に胸を膨らませていた。未来が自分の足もとから確かに続いているのだと感じた。夢はきっと叶うのだと信じて疑うことができない、そんな全能感でいっぱいになっていた。

雪を頭に積もらせながら笑い合った二人は、どちらからともなく歩き出した。並んで歩きながら、作品の完成祝いに町に繰り出し、ゲーセンなりカラオケなり、とにかく思いつく限り遊び尽くしてやろうと話し合った。なにも怖いものはないと思うことができた。あのころ二人は自分たちを最強だと思っていたのだ。

（あの日と同じ雪が……）

ユキは込み上げてくるものに、思わず口を押さえる。

（あのころの俺たちは今もいる）

ユキは思う。結局、十四歳のころに仕上げた作品は日の目を見ることはなかったが、では、自分たちが作品に費やした時間は無駄だったと言えるのだろうか。

なにもかもから目を背け、作品作りに没頭した日々は、果たして無駄だったと言われてしまうものなのだろうか。

コウと二人、互いを意識し合いながら駆け抜けた十四歳は本当に無駄だったと、そう切り捨てていいものなのだろうか。

「……無駄じゃなかったと思うんだ」

不意にコウが呟いた。イルミネーションに浮かび上がる雪を眺めながら、白い息を吐き出すコウは、ユキと再会してから浮かべ続けてきた戸惑いの表情を、今、確かに消していた。真っ直ぐ正面を見据えていた。

「……漫画家を目指し、その世界に少しだけ足を踏み入れることができた。でも結局、力及ばずではじき出されてしまった……。じゃあ、はじき出された僕は、毎日を無駄に生きてきたと言われるのだろうか」

「言われちゃうかもな。心ない人たちに」

ユキが意地悪そうに笑うと、コウはちらっと目を向け、小さく微笑んだ。

「でも、実際はそうじゃない……。でしょ?」

「まあ、そうかもな」

「……だって、僕はあの日々を生きていたんだから。あの日々があったからこそ、今、僕はここにいる。だから……」

「今をどう思えるかだな、結局は」

「うん」

コウはユキを見たあと、少しだけ目を伏せた。

「でも、今を思うことは難しい。毎日はたくさんのことが起こり過ぎる。些細なことで傷つくし、根拠のない不安に押しつぶされそうになる……。ただ、僕は思うんだ。あのまま家にひきこもって、四コマ漫画を描いて、それで満足して終わっていたよりはずっといいって。僕の前にユキが現れて……、家から引きずり出されて、漫画に本気で取り組んで、漫画家の世界も少しだけどのぞくことができた……。その時々を僕は一生懸命だったんだ。一生懸命になることができたんだ。その経験が、僕を未来に向かわせてくれる……。そんな気がする……」

「その結果が、あのオシャレなカフェか……」

ユキは皮肉っぽく言う。だがコウは、ユキの言いたいことを理解しているはずなのに、苦笑いを浮かべることもなく、決然とうなずいた。

「漫画家になって、描くことが苦しくなって、鬱(うつ)っぽくなって……。部屋に閉じこもっているときに、突然先輩が現れて連れ出されたんだ。先輩が経営するカフェを見せられて、ここで働けっていきなり言われた。戸惑っていいはずなのに、なぜだか僕は落ち着きを感じていた。十四歳のころ、ユキのおかあさんのお店で毎日を過ごしていたからかもしれない。先輩のカフェで普通に呼吸ができている自分に驚いた。ここでなら、なんとか働いていけるんじゃないか、そう思った」

一息に喋ったコウは全身の震えを抑えようとするように、大きく息を吸い込んだ。そして、苦笑のような微笑を浮かべる。

「もちろん、ユキの言いたいこともわかってる。でも、あの店が今の僕だ。そして、今日、今から変わっていこうと思ったのもやっぱり僕なんだ」

「変わる？　今のままでも十分繁盛しとるように見えたぞ。変わる必要なんてどこにもなさそうじゃないか」

「……相変わらず意地悪だな、ユキは」

「率直な感想だ」

「今の店は僕の店じゃない。僕らしくないんだ。そんな店、いずれ苦しくなるに決まっている。ユキが教えてくれた」

「俺はなにも教えとらんよ」

「不満そうな顔してたじゃないか」

「そうか？　最近、ミナモアのことで悩んどるけ、そんな顔してしまったんかもしれんね」

「ミナモア？　小説の舞台にするっていう？」

「ミナモアは、来た客が自分らしくいられる場所を作りたいと思っとるそうなんよ。でも、自分らしいって、いったいなんなん？　それがわからなくて、ずっと悩んどる。ある意味、そこさえわかれば、もの凄い物語を書けるような気がするんじゃけどね」

「自分らしくねえ……」

「ま、そういうことで、うっかり顔に出てしまったんかもしれん。申し訳ないが、俺はお前の店に、俺らしくいられる場所はないと思った。東京では普通なんかもしれんけど、俺からしたら、オシャレすぎて居心地が悪かった」

「そうなんだろうなって思ったよ。僕自身、僕らしくないと思ってるんだから。ユキが感じるのは当然だ」

「すぐ顔に出てしまうのは、俺の悪い癖だな」

「会った瞬間、怒られると思った。それほど怖い顔してたよ。つい逃げ出しそうになってしまった」

「いつかの展覧会のときみたいにか？　逃げ出さなかったのは、大人になった分、成長したってことだな」

「まあ、そうかもしれないね……」

コウは夏の展覧会場での追いかけっこを思い出したのか、くすくすと笑い始めた。そして、表情を改めて言う。声に決意を乗せようとしていることがすぐに伝わってきた。

「無駄にはしないよ、僕は。今も無駄にはしてないつもりだけど、それでももっともっと……。漫画を描いていた日々を僕は無駄にしない。それを伝えなければならないと思った。だから……」

「結局は無駄じゃない」

ユキは言葉を重ねるようにして言った。押し黙るコウを横目で見ながら、夜の住宅地に向かって吐息を洩らす。白い息は雪の降る空を漂い、吸い込まれるようにして町の明かりの中に消えていった。

「俺はお前を感じていたいと思った……」

ユキはコウと目を合わさずに、そう語りかけた。

「同じようにがんばっている人がいる。そう思っただけで、負けてられないなと気持ちを奮い立たせることができた」

「僕もだ」

「だが、俺の方が強かった。お前みたいなひきこもりに負けてたまるかっていう、プライドがあったからな」

　ユキは乾いた笑いを洩らすと、後頭部を掻きむしった。

「だがまあ、そのおかげでここまで来ることができたんだがな。お前にだけは負けられないという思いで小説を書くことができた。だからやっぱりコウには感謝しとる。食っていけるほどじゃないけど、それでも文章を書いて金をもらうことができている。それは俺にとって幸せなことなんよ」

「うん……」

「そして今日お前に会って、俺はこれからも、もっともっと先まで進んでやりたいと思うようになった。小説家としてのこの道をな」

「今でも十分すごいよ。ユキの作品はどれもおもしろい。書く技術もどんどん上がってる」

「お世辞をありがとう……。でも、もっと先だ。もっと先まで進む。そのために俺は努力しまくってやる。だって、友だちががんばっとるってこと、知ってしまったんだからな」

　ユキは正面からコウを見つめた。

「十四歳を一緒に過ごした友だちが……。それからもずっと親友でいてくれたコウが、今もがんばっとるんじゃって、そう思えることができるんじゃろ？　負けてなんかおれんよな」

　ユキはコウに向かってにっと笑いかけた。コウの妻のように上手な笑みとはいかなかったが、それでも今の自分にとって最高の笑顔を見せることができたと思った。

（この降りしきる雪のように）

コウから目を外したユキは、きらめく町並みを見渡しながら、そう思う。

俺のやっていることは地面に落ちた途端、すぐに溶けて消えてしまうものなのかもしれない。

一瞬存在しただけで、誰の記憶からも消え去ってしまう、その程度のものなのかもしれない。

（でも……）

これが俺の人生だ。

消えるとわかっていても、ひたむきにやり抜くことこそ俺の生き方だ。

そんな人生を俺は望んでいたのではなかったか。

優秀な友に負けないように。

才能の乏しい自分に負けないように。

たとえ、結果的に負けたとしても、そうなる可能性を胸が痛くなるほど感じていたとしても、でも、気持ちだけは絶対に負けるわけにはいかないと思って励み続けてきた。

そんな不恰好（ぶかっこう）な生き方を、俺はずっと貫いてきたのではなかったか。

そうやって生きてきた俺こそ、もっとも俺らしい俺のはずだ。

それを俺自身、もっと評価してやってもいいだろう？

ユキはふと、もう一度思いっ切り空気を吸い込んでみたいと思った。あの日の感覚に再び浸りたい、そう思ったのだ。

だがユキは、その思いをぐっと押しとどめる。

もう戻る必要はないのだ。

ここから新たに進んでいけると、そう信じられるようになったのだから。

俺はここから、未来へと進んでいこうと、そう誓ったのだから。

肩の力を抜いたユキは、コウに近づき、右手を差し出した。

「ありがとう。コウがいてくれたおかげで、ここまで来れた」

「……僕だって、ユキがいてくれてよかった。ユキがいてくれたから、今までがんばってこれた」

「うん……」

握り返してきたコウに、ユキは不意に眉を寄せ、腕を組んだ。

「しかしお前、なんか勘違いしとらんか？　お前がいてくれたおかげで駅まで迷わずに来れたって言おうとしただけじゃ。その、ありがとうよ」

「駅？」

コウが辺りを見回す。確かにそこは駅の改札口だった。話しながら歩いているうち、二人は駅までたどり着いていたのだ。

昼のように眩しいライトの下を、幾人もの人々が行き交っている。そちらに目を向けたユキは勝ち誇ったように鼻の下を指でこすった。

「おかげで、終電に間に合いそうじゃ」

「ユキ……」

「というのは、もちろん嘘だ。今までありがとうな」

「うん……」

「これからもよろしくな」

ユキが言うと、コウは思い切った様子で一歩踏み出してきた。

「ユキ、次はいつ会える？　それを励みに、僕はがんばる」

ユキはまばたきをすると、

「バカ」

友の頭を小突いた。

「いつでも会えるに決まっとるじゃろうが。そうじゃろ？」

「……そうじゃね。そうじゃ、いつだってそばにおるんじゃもんね」

「広島弁、忘れてなかったんじゃね、コウ」

ユキは言う。それから、首を振りながら溜息を洩らす。

「あとな、コウ。いつだってそばにおるとか、気持ち悪いこと言うな。そういうロマンチストなところが漫画にも出とったで。読者はドン引きじゃ」

ユキが言うとコウはふっと微笑んだ。そんなコウを見てユキも笑う。

「なにかあったら連絡してこい」

カバンから名刺を出し、コウに手渡す。

「あとで携帯、鳴らしといて」

そう言って別れのあいさつを交わしたあと、ユキは改札へ向かった。一度手を振ったきり、後ろを振り返ることはせず、前だけを見つめて歩いた。

スマホに着信があったのは、電車に乗って吊革を掴んだときだった。コウは本当になにもメッセージを残さず、着信を入れただけだった。

（これでええ）

ユキは無表情な数字の羅列を見ながら頬を緩める。

言葉なんて必要ない、そう思う。

いつだってそばにいるのだから。

「俺も、コウに負けず劣らずで、きもいの」

小説家ならこれぐらいでいいのかもなと、ユキはひとりほくそ笑む。

雪が窓の向こうで降り続けている。流れ過ぎる東京の夜景を眺めながら、今降っている雪が積もってくれたらおもしろいだろうなと、そんな期待をユキは抱いた。

七

あの日、コウと別れた後に乗った新幹線でユキはノートパソコンを開いた。

コウの言葉を思い出しながら、自分が今感じている気持ちを素直に表現してみようとキーボードを叩きはじめた。すると、まるで地下から水が湧き出すように言葉はすらすらと紡（つむ）がれていった。

「青い空気を思いっきり吸い込んだときのように……」

この出だしにユキは納得した。爽やかさが伝わってくると思った。ユキ個人としてもこのフレーズに思いを込めることができる。コウと別れ際にした話をそのまま表現したのだ。思い入れのある出だしになった。

そうして書き出してみると、物語はみるみる展開されていった。

次から次へと現れる場面を、ユキは必死になってキーボードに打ち込み、形のある言葉にしていった。東京から広島までの車中、ユキは休むことなく文章を紡ぎ続けたのだった。

とはいえ、すべてをスムーズに書けたというわけではない。相変わらず頭の働きは鈍(にぶ)いままだし、少し書いては止まり、悩みに悩んだ挙句に絞り出してはまた書きはじめるということの繰り返しである。

(なんでこんな苦しいこと、しとるんじゃろう)

自分に対して疑問を抱く。これだけ苦しい思いをして書いても人の胸に届くとは限らないのだ。むしろ冷めさせてしまうことの方が多い。人の心を震わせるというのはそれほど難しいことなのである。

たとえ書き上げられたとしても、その物語は結果的に無駄になり、自分の才能のなさを突き付けられるだけで終わるかもしれない。その可能性に今までユキは怯えてきた。

(でも、仕方がない)

今、ユキは割り切ることができている。

好きなんだから仕方がないのだ。

子どものころから好きだった。本を読み、どこまでも広がる世界に没入することがおもしろくて仕方なかった。自分もこんな物語を作りたいと思うようになった。もし自分の文章で世界中の人々を感動させることができたなら、それは至福の喜びになるだろうと考えた。

そのときの夢を今も追い続けている。

追い続ける人生にしたいと思っている。

結局、物語が好きでたまらないのだ。

いつまでも書き続けていたいのだ。

新幹線が広島駅に着き、ホームに降りた途端、ユキは走ってタクシー乗り場に行き、家に帰ってからまた書いた。あくる日の仕事の最中も頭の中は物語でいっぱいだった。夜になって再び書き、仮眠をとってまた書いた。そうして数日が過ぎたころ、ようやく作品は出来上がった。

ミナモアの社員に読んでもらうと、満面の笑みを浮かべて喜んでくれた。ユキはほっとするとともに、この顔を見るためであればどんな苦しみも苦しみではなくなると思うことができた。

それから原稿直しなど慌ただしい日々を過ごし、そして遂にユキの小説は出版されたのである。

ユキはどうせなら、自分の本が売られているところを初めて目にするのは、ミナモアにしたいと思った。

(ある意味、俺にとっても新たなオープンなのだから)

この小説を書くために悩みに悩んだ。まだオープンしていないショッピングセンターを書くというのは、実際に目にしたことがない分、イメージを膨らませることが難しかった。どのように表現すればいいのかまったくわからない手探りの中での執筆になった。コウも指摘していた通り、ユキは感覚で物語を書くところがあるのだ。実際にその場に行き、空気を肌で感じ、イメージを鮮明にすることで物語を広げていくことができるのである。

だが、今回はそれが叶わなかった。どこから手をつければいいのか、やはりわからなかった。

そうしてあれこれ考えているとき、ミナモアの開発会社の社長の話を思い出し、インタビューの録音データを再び聞いたのである。

「広島という町ならではの、広島の人にこそ、なにより愛されるショッピングセンターにしたい」

社長はそう語っていた。そのために広島を徹底的にリサーチし、どのようなショッピングセンターが一番合っているかを考え尽くしたそうだ。そうしてミナモアの目指すべき形はできあがっていったのである。その話を聞き直したとき、ユキは、

（この仕事は広島を書くことじゃ）

そう思ったのだった。ミナモアには、この広島という町で、幾日もの日々を経て連綿と受け継がれてきた人々の思いが宿ることになる。それを受け止めるショッピングセンターとしてミナモアはオープンするのだ。ミナモアの内観や店舗リストの資料を見直したユキは、そこに別のものが見えてくるのを感じずにはいられなかった。

自分が大好きな広島である。

慣れ親しんだ広島がミナモアに透けて見えている。

（広島を書くのだ）

それを書くことができる幸運にユキは感謝した。書きたいことでいっぱいになった。どれを選んで書けばいいのか悩むほどだった。それだけの思いがあるからこそ、最初の一行がなかなか出てこなかったのかもしれない。最初から読者を物語に引き込みたいと強く思い、空回りしてしまった。

（いや、やっぱり才能がないけえよ）

ユキは自嘲する。だが、悩んでいる時間も楽しかったと今では考えることができる。

苦しかったけれど、それ以上の楽しさがあった。

真面目に、真剣に、自分の書きたいものと向き合うことができた。終わってみれば、満足感でいっぱいだ。

そしてその感情はユキに新たな発見をもたらしたのである。

いや、本当は知っていたのかもしれなかった。知っていたけれど、いつのころからか目を向けてはならないものだと、自分を押さえつけるようになっていた。

（書きたいものを書く）

求められるものを意識して書くのではなく、自分が書きたいものを書く。

それが一番だ。苦しみを超えるほどの楽しみは、そこにしか現れない。

（それで読者が喜んでくれたら最高じゃ）

どこまで通用するかはわからなかった。いずれ仕事の依頼が来なくなってしまうかもしれない。それでも、このスタイルでしばらくは続けてみようとユキは思った。そうすることが、十四歳のユキとコウに対する礼儀のような気がした。

今、ミナモアの建物の前は、詰めかけた人々の熱気で溢れかえっている。

スマホで店舗案内を確認する人。外観のロゴを見上げたままじっと動かない人。大きなリュックサックを背負って肌寒い春風に身を縮める人。

「あれ？」

そのとき、ユキは目をこすって、リュックサックの若者をもう一度見直した。

「すみません」

そうことわりながら、人混みの後ろへと移動していく。

「一幸くん。君も来とったん？」

目の前までたどり着き、そう声をかけると、一幸はぽかんとした表情を浮かべ、すぐに恥ずかしそうにうつむいた。

「……お、お久しぶりです」

消え入るような声だった。三か月ぶりの再会で、一幸はユキをまた他人だと認識するようになっているのかもしれない。

「ミナモアのオープンじゃけ？」

それでもユキが親し気に話しかけると、一幸は心の壁を取り払ったようにさっと顔を上げた。そして、返ってきた声は大きかった。

「はい。せっかくだから、この目で見ようと思って」

聞いて、ユキは目を丸くする。

「ということは、まさか選ばれたん？」

「いえ、ダメでした」

一幸はいともあっさりと答えた。

「そっか。残念だったね」

ユキは自分でも驚くほど落胆した。一幸のがんばりを知っているからこそ、落選という結果は重くのしかかってきた。

（でも、これが普通なんよ）

ユキはそう思って口もとに笑みを浮かべる。偶然を何度も重ねてくれた一幸のことだから、ここでも、

「選ばれた」

と言って、オープンに華を添えてくれるのではないかと、そう期待した。だが、人生、うまくいくばかりではないようである。思い通りにいくこともあれば、思い通りにいかないときもある。だからこそ生き続ける意味があるのだ。

「でも、最終には残りましたよ」

と一幸が胸を張ってくる。声には自分に対する自信がみなぎっていた。

「すごいじゃん」

だからユキも素直に喜びを表現することができた。

「それに覚悟を決めることができましたしね」

一幸がそう続ける。

「四月からデザイン事務所で働かせてもらうことになりました。アルバイトですが、いっぱい勉強させてくれるということですし、ビシバシ鍛えちゃるって言われました」

「そっか。もう卒業だったんじゃね」

「いえ、大学は辞めるんです。辞めて働きます。今、動かないと、なにかを掴み損ねてしまう気がす

るので」

「おお、すごい行動力じゃん。あいつにも見習わせてやりたいくらいじゃ」

「あいつ？」

「俺の友だち。君に似とるって思っとったけど、やっぱり少し違うかもしれん。一幸くんのほうが、なんというか、たくましい」

「ふうん」

一幸が興味なさそうに返事する。ユキは苦笑を浮かべながら、

(でも、まあ、コウはコウで、たくましいんじゃけどね)

と思う。

おまけに、一度決めたことは納得するまでやり抜く、そういった頑固さを持っている。思いついたことは形にするまで諦めない性格だ。

そう思い出したユキは、

(やっぱり似とるかもしれんね)

顎を摘みながら一幸をまじまじと見つめる。

「今日、ミナモアに来たのもそのためだったんです。初出勤まであと一週間。前向きな気持ちを持ったまま、事務所に行きたいと思ったもので」

「不安なん？」

「そりゃ不安です。僕みたいなのが、ちゃんと社会人できるのかなって。だから……」

「負けた相手の作品を見て、気持ちを奮い立たせようと？」

「いえ。今回選ばれたデザインは、また後日、ミナモア内に設置されるのだそうです。そのときも見に来ようとは思ってます。ただ今日は、未来の僕のために来たんです」

「未来の君のため？」

「いつかミナモア内に僕がデザインした作品を設置してみせます。それが僕の当面の目標です。そのためにたくさん学び、たくさんのことを経験しようと思っています」

言うと、一幸は背中のリュックサックを叩いて笑みを浮かべた。

「スケッチブックやらデザイン事典やら、すぐに取り出せるようにと思っとるんですが、これがまたかさばっちゃって。泊まりでもないのにこんなリュックをいつも背負っとるから、大学の友だちに笑われるんです」

「友だち？　できたんじゃ」

「最終選考に残ったからですね。今、僕、大学でちょっとした話題の人になっとるんですよ」

ははは、とユキは声に出して笑った。笑いながら、

（この若者もまた、一緒にがんばってくれるんじゃろうね）

と心強さを覚える。そう思う反面、コウといい、この一幸といい、俺が知り合う人間はどうしてこんなにも、先へ先へと進んでいこうとするやつばかりなのかとあきれてしまう。

（置いていかれんようについていくのも大変なんで）

そうユキがこめかみを掻いたときだった。

人混みの中からざわめきが起こり、瞬く間に広がっていった。皆が落ち着きなくそわそわと身じろぎし、近くの人と言葉を交わしはじめる。

「どうした？」

「一分前になったみたいですよ」

いよいよオープンまで一分を切ったのだ。

この場にいる全員が期待に胸を膨らませているのが伝わってくる。広島の新たな歴史が開かれる瞬間を心待ちにしているのだ。そこに立ち合える喜びを全身で受け止めようとしている。

人混みに紛れて、ユキも期待と緊張で胸がはり裂けそうになった。隣の一幸も目をきらめかせなが

ら、少しだけ呼吸を早めている。

（真新しいミナモアで自分の作品はどのように売られているのだろう）

ユキはそのことを思った。

どのような人が手に取り、どのような感想を抱いてくれるだろう。

願わくば、物語っていいもんだなと思ってもらいたい。そして、人生っていうのもやっぱりいいものだと思ってもらいたい。物語とは結局、人生を描いたものなのだから。

昂ぶる気持ちを抑えるユキの周りで、歓声が上がった。

一気に熱が高まっていく。

どこからともなく拍手が湧き起こる。その拍手は人々の表情を輝かせ、さらに大きな響きとなって人混みの中を駆け抜ける。

ついに開店の時間が訪れたのだ。

しばらくして、周りの人々が前へ進みはじめた。

ユキは扉へと向かう人々と歩調を合わせ、十四歳のころのような無邪気な笑みを浮かべながら一歩ずつ前に進んだ。ミナモアの扉を通って数歩進んだところで立ち止まり、振り返ってきた一幸に、にっと笑みを投げかける。そして、ユキは目を閉じ、青い空気を思いっきり吸い込んだのだ。

今、まさにオープンだ。

10 YEARS AFTER

一

青い空気を思いっきり吸い込んだときのように、胸の中に涼しい風が流れ込んできた。その心地よさに、芽生えかけていた苛立ちが吹き飛ばされていくのを感じる。

（何度目かしら）

涼しさというか、爽やかさというか。とにかく、心が洗われていくような感覚を、この駅ビルに入って以来、幾度となく感じている。

田村和美が出張で東京から新幹線に乗り、広島に着いたのは一時前だった。七月初めのじっとりした熱気が漂う中、ホームに降り立った和美は、そのままパソコンなどをコインロッカーに納めて駅ビルまで来たのである。

今、話題のショッピングセンターだった。観光サイトでは必ずと言っていいほどオススメの場所として紹介され、ネットの口コミも軒並（のきな）み高い評価をつけられている。

十年前にオープンしたショッピングセンター、広島駅ビル「ミナモア」。

オープン時、今まではないショッピングセンターとして注目されたミナモアは、時の経過とともに更にその注目度が増すようになっている。

いや、注目度だけではない。存在感も増している。

地元の人々からは広島のシンボルとして認められるようになり、そんなミナモアは、日本中から「一度はショッピングしてみたい場所」として評価されているようである。実際にミナモア目的で広島を訪れる人も多い。広島の観光客数はミナモアがオープンして以来、右肩上がりで増え続けている。

そうしたミーハーな声が和美には気に入らなかった。

（広島という地方にあるからよ）

うがった見方をせずにはいられない。

そう考えるのは、和美がショッピングセンターを運営する会社の人間だからかもしれなかった。いわば、ミナモアは同業他社なのだ。その躍進ぶりを苦々しく思わないわけがない。

（どうせ、どこにでもあるショッピングセンターよ）

ミナモアに来る前、和美はそのように考えていた。

オシャレで、キラキラ感があって、足を踏み入れた途端、非日常を感じることができる。東京や大阪といった大都市では当たり前にあるショッピングセンターが地方の広島にあるから、珍しがられてお客さまの気を引くことができるのだ。和美はミナモアを、そのように見なしていた。

（十年、注目を集められたことは素直に認めてあげるけどね）

並々ならぬ努力があったことは想像できる。売り上げの上がらないテナントに見切りをつけ、流行の最先端を行くテナントに入ってもらう。そうした営業努力をしていかなければ、ＡＩによるネットショッピングが全盛を極めつつある今、実店舗であるショッピングセンターの人気などすぐに落ちてしまうのだ。

おそらく、ミナモアの社員たちはオープン以来、残業続きの日々を送ってきたに違いない。国内だけではなく、それこそ世界中を飛び回って、少しでも真新しいテナントを誘致しようとし続けてきたはずだ。お客さまに通ってもらうためには常に刺激を与え続けるしかないのである。でなければ簡単に飽きられる。商業施設を運営する側の人間は流行を先取りするために神経を研ぎ澄まし続けていなければならないのだ。

つい運営者側の視点に立って考えてしまうのは、やはり自分が同じ業種の人間だからである。大学を卒業して今の会社に入って二十年。大都市でショッピングセンターを運営する業界最大手の会社の中で、テナントを選び誘致交渉を行う営業職として休む暇もなく働き続けてきた。それこそ、心が擦り減ってしまうほどの働きぶりだったと言っていい。

（そもそも企業体質が旧態依然なのよ）

そのように和美は考えている。世間では年齢、性別にかかわらず実力のある者が出世する風潮が高まっている。だが和美の勤める会社は戦前創業の巨大企業だからか、いまだに年功序列、男性優位の思想が根強く残っている。和美はその両方の影響をもろに受けながら会社内で立ち回り続けてきたのだ。

若いということで下に見られたこともある。女だからということでまともに話を聞いてもらえなかったこともだ。自分より成績の悪い男性社員が先に出世して、その男に顎で使われる日々を過ごしたこともあった。それでもへこたれずに成果を追い求め続けた先で今の地位を得ることができたのだ。女性最年少にして新しいショッピングセンターの立ち上げの全権を任されることになった。それはひとえに和美の努力のたまものと言っていい。会社にとって新たな取り組みである地方への進出。日本海側の中核都市である新潟市でのオープンは四年後に控えている。

(四年後か)

ダークオレンジのスーツワンピースを手に取りながら、和美は溜息を漏らす。四年後といえば四十五を超えている。働きづめの毎日の中で、気づいたら五十歳を意識する年齢になっていた、そのことに少しだけ焦りを覚える。

(気にしない、気にしない)

和美は頭を振り、スーツワンピースを手に取ってチェックした。ワンピースはかわいさの中にも落ち着きを感じさせるデザインで、そのアンバランスさが逆に仕事のできる女性を印象づけることができそうだった。これぞ最先端といった突き抜けた感じはないが、かといってどこでも買えるといった一品でもない。お客さまが求めやすい、定番だけれども流行に遅れることはない代物である。

(なるほどね)

和美はワンピースを見ながら、ひとり納得する。東京からはミナモアの視察で訪れていた。その対応をしてくれるミナモアの社員との約束より和美は早めに現地入りしている。いつもそうだった。同業他社のショッピングセンターを視察するときはあらかじめ館内を回って下調べを済ませておくのだ。

それをもって視察に臨み、相手方の視察対応者に質問をぶつける。そのほうが学ぶべきものは多いし、基本的なことを聞かされる無駄も省くことができる。なにより、ずばずばと質問することで相手より優位に立つことができた。他社の人間であっても教えを乞うだけで終わるわけにはいかない。

そう思って、館内をあれこれチェックしながら四階のフロアまで来たのだ。そこで、どうせなら適当なショップに入って品ぞろえやスタッフの接客を見てやろうと思っていた矢先、

「こんにちは」

とショップの中から明るく声をかけられて足を止めた。それは、あまりに何気ないひと言だった。ほかのショップの前でも同じように声をかけられてきた気がする。ただ和美はちょうど青い空気のような、そんな爽やかさを感じているところだったのである。その瞬間に聞いた声は、まるで天から降ってきたもののように和美の中で響いた。和美はその声に吸い寄せられるようにして、ショップに入ったのである。

鏡の前に移動した和美は先ほどのスーツワンピースを身体に当てた。洗練された、いかにもやり手といった感じの女性が鏡の中に映されている。自分で言うのもなんだが、四十二歳には見えない。せいぜい三十代半ばといったところだろう。見ようによってはもっと若く見られてもいい。和美は元々目鼻立ちのくっきりとした顔立ちをしていたが、仕事柄、流行を追い求めているうち、自分の見せ方も心得るようになった。和美自身、外見には相当気を使っているし、ファッションには惜しげもなくお金をつぎ込んでいる。若い子の間で流行っている派手な服装はさすがに着ようとは思わなかったが、二十代後半から三十代向けのものであれば、どんな服でも着こなせるという自信があった。

「こんにちは。よろしければ、ご試着してみられますか」

店員がにこやかに声をかけてくる。自然体で、押しつけがましくない感じが好ましい。その店員が鏡に映った和美を見て、口に手を当てる。

「うわぁ、すごく映えますね」

難しい色合いなのに、そう付け加える店員に、和美は肩までの髪を払ってすまし顔を作った。

「いいえ、試着は結構よ。ひとりで見たいから」

突き放したように言ったが、店員は特に気分を害した様子もなく、

「なにかあったらお声がけくださいね」

そう笑顔を残して、和美のそばから離れていった。

(私に驚いていた)

和美はワンピースを肩に当てたまま勝ち誇ったように微笑む。店員が一瞬浮かべた羨望のまなざしが自尊心をくすぐっている。

鏡に映る女性はきらびやかに見えた。自信ありげな優雅さが眩しいほどだ。

そのことにうっとりした和美だったが、鏡の前で角度を変えて眺める度、どういうわけか虚しい気持ちが湧いてくるようになってしまった。

自信満々で優雅な女性。

(本当にこれが私の望んでいた姿なんだろうか)

ワンピースを肩から外し、そう思う。

(あの時、別の言い方ができていたら……)

違う人生を送っていたかもしれない。

和美がそのように考えるのは、今いる場所がミナモアだからかもしれなかった。このミナモアというショッピングセンターは和美の人生とかかわりがある。世間で評判になっているミナモアを、同業者なのに今まで調べようとしてこなかったのは、単純に妬み(ねた)のためだけではない。

(ここは、あの人と強く結びついている)

プライベートなことだった。かつて一緒に時を過ごした元夫の幸一(こういち)は、広島出身で、ミナモアがオープンして二年後、広島の象徴として認められつつあるミナモアに並々ならぬ関心を抱きはじめた。

「広島に、すごくいい感じのショッピングセンターができたんだ」

結婚して六年。子どもができなかったこともあって、二人は必要最小限の会話しかしなくなっていた。だが、あの一時期だけは、彼はミナモアの話を和美にしきりに振ってきたのである。まるで、熱におかされているとでもいったように。

「ショッピングセンターはどこも一緒よ。価値は、そこに入るテナントで決まるの」

他社のショッピングセンターを褒められて、いい思いをしなかった和美は、喧嘩腰になって返事をした。本来ならそこで幸一は引き下がるはずだった。出会ったときからおとなしい男だったのだ。口下手で、びっくりするほど気が弱かった。だから、いつも和美が主導権を握ってきたのである。そして、ミナモアの話題が出たあの日も、言い返したあとは和美の苛立ちを発散させるための時間となった。会話はなかったが和美のほうから一方的に愚痴をこぼすことは続いていた。一度火が点くと止まらなくなる和美を幸一はよく理解していたし、そんな和美の話をうんざりしたような、苦行に耐えるような様子で、じっと聞いているのだった。そうした夫の態度が気に入らなくて、和美はますますヒートアップするのが常だった。だがそれも結局は糠に釘状態であることに気づいて頭を振りながら話を終えてしまうのである。

だが、あのときは違った。幸一は珍しく反論してきた。

「違うよ。今までにはないショッピングセンターなんだ」

いじめられっ子が反撃を決意したような物言いだった。幸一は、一言口にしたことで、堤が切れたかのように次々とミナモアの素晴らしさを並べ立てるようになっていった。そのどれもが和美の癇に障った。暗に自分を非難しているのだという気がしてならなかった。君がいくらがんばったって、もっと素晴らしいことをする人間はいる、そうほのめかされている気がして頭に血がのぼった。

「私が間違ってるって言うの？」

ついに和美は机を叩いて立ち上がり、手当たり次第に物を投げ、幸一を部屋から追い出した。

（あそこが分岐点だった）

あの人の態度が冷たくなり、それから最後に決定的な言い争いをした結果、私のもとから去っていった。幸一が向かった先は、あろうことかミナモアだった。

東京の住宅街で小さなカフェを開いていた幸一は、ミナモアでの出店が決まると、故郷である広島にそのまま帰ってしまった。夫婦関係の終わりが訪れたのは、そのときである。

そのような苦い思い出があるからこそ、和美はミナモアと距離を置き続けてきたのである。ミナモアにかかわることは、元夫との過去に向き合うことと同じような気がした。胸苦しさが付きまとわないわけがない。自分に非があることがわかっているだけに、悔しくて、それ以上に切ない思いで満たされた。幸一と別れてからというもの、和美は更に仕事にのめり込むようになっている。ミナモアも、幸一も、自分から切り放すためには仕事に没頭するしかなかった。成果を上げれば上げるほど、その興奮で頭の中を真っ白にすることができた。

だが、新潟でのショッピングセンターの立ち上げを任されることになって、和美は否が応でもミナモアと向き合わざるを得なくなってしまったのである。社外から引き抜かれて着任してきた上司が、地方で成功しているショッピングセンターを何件かリストアップし、それらを実際に目で見て、運営に携わっている者に話を聞き、報告書を出すよう求めてきたのだ。

ミナモアはそのうちのひとつに含まれていた。

断るわけにはいかなかった。私情を理由に断ったりして、上司との関係を悪くはしたくない。今回のショッピングセンターの立ち上げだけは絶対に自分の手でやり遂げるのだ。

それが、女性初の取締役就任に繋がる。自分に憧れを抱き、日々、男性たち以上に必死になって働いている女性社員の期待に応えるのだ、和美はその使命感にかられていた。

（私は女性社員の未来を背負っているのよ）

自分だけのために仕事をしているわけではなかった。自分が出世することで、後に続く者たちの道を切り拓くのだ。

二

「それにしても……」

和美は手にしていた服を戻してショップ内を見回した。この落ち着きはなんだろう、そう思っている。胸の鼓動もいつもとは違うリズムを刻んでいるようだ。

和美は服を買いに行くとき、気持ちを昂らせずにはいられない。

いい服を選んでやろう。

ほかの客から羨望のまなざしを浴びてやろう。

この人センスいいと思わせてやろう。

もちろん、自分がどのように変わるかを想像することが一番の楽しみである。新しい服を着て、人通りの多い町を歩く。そのことを考えると恍惚とした気分に浸ることができる。だからこそショッピングが好きなのだったが、ショップ内に漂う緊張感、すました自分を演じずにはいられない店の空気もまた和美は好きなのだった。

それは気分を高揚させるために必要な舞台装置だ。

自分が求める服を選んだあとの、勝利を手にしたような達成感を得られるのはショップという日常にはないきらびやかさに触れたためである。その中で自分を満たすことができたという事実は、自分がそのきらびやかさよりも上にいることを示してくれる。そのためにショッピングから帰ったあとは、くたくたに疲れてしまうのだったが、それは自分を発散したあとの疲れなのである。仕事で朝から晩まで働いて感じる疲れとは別物だと和美は考えていた。だから、まったく苦にならない。

だが、今いる店ではそうしたきらびやかさはおさえられていた。ミナモアの四階フロアにあるショップである。知人の家に招かれたような落ち着いた感覚があった。そのためにのんびりと服を見ることができる。ありのままの自分が出てきてしまいそうな気がして、逆に違和感さえ覚えてしまう。

（こんな売り場もあるんだ）

和美は思う。平日の昼間にしては客が多い。十人はいる。一方のスタッフは三名だ。スタッフはごく自然な感じで、

「こんにちは」

や、

「今日も暑いですね」

と声かけを行っている。気負ったところは微塵もなく、やはり友だちと接するような親しさが込められている気がした。そのため、お客さまも、ここにいてもいいんだという安心感を抱いているように見える。普段通りの自分で過ごしているのだ。

スタッフのうちのひとりは客と和やかな様子で話をしており、それは本当に仲がよさそうに見えて、客と店員の間にあるはずの壁が取り払われているのではないかと思えた。そうした客との距離感も店全体の雰囲気を柔らかいものに見せているのかもしれない。他の二人の店員もさりげない声かけを心がけているようで、お客さまが孤独を感じることなく、かといって店員の目を意識し過ぎることもなく、ショッピングを心から楽しめる場がつくられている。それは、今まで和美が経験したことのないものだったが、そのくせ理想のショップの姿がここにあると思ってしまうのだった。

（いや、違う）

和美は頭を爪で掻いて、納得しかけている自分に喝を入れる。

他社のショップを評価するなどあってはならないことだった。少なくとも自分はそれをしてはならない立場にいる。もしも評価してしまえば、今までの自分のやり方が間違っていたことを認めてしまうことになる。指導してきたショップに対して失礼だ。

（私のやり方は間違っていないはずよ）

和美は今日、大きめの襟つきブラウスにセットアップスーツというファッションで広島に来ている。まだ日本では出回っていないブランドのスーツだ。イタリアのトリノを拠点にし、パリ、アムステルダム、ベルリンとヨーロッパで展開しているブランドで購入したものだった。和美が横浜のショッピングセンターのテナントに入れるために目をつけ、何度もトリノに行って交渉を重ねた結果、今冬、日本への初出店が決まった。その初出店を置き土産に和美は新潟でのプロジェクトに取り掛かろうと思っていたのだが、そのブランドの服を今日は着てきたのである。

（知らないうちに気合いが入っていたのかもしれないな）

和美は思う。元夫が選んだミナモアの視察ということで少しばかり緊張もしていた。

そのことに少しだけしんみりした気持ちを抱いた和美だったが、今はそんなことはどうでもよい。スタッフの接客に口出ししたくてしようがないのだ。明らかにお金を持っていそうな和美が来店しているのに他の客と扱いが同じである。和美は今まで携わってきたショッピングセンターで、お客さまがどのようなタイプかを見極めることが大事だとテナント側に説いてきた。お金を使いたいと思っている客には多少強引でも商品を売りつける。それこそ神様のように崇め、自分は卑屈になってでも売るのだ。そうやって売り上げを伸ばすことで、更によい商品を開発することができ、結果、流行を生み出すことに繋げていける。まさに和美の働き方そのもののような接客を教え込んできたのだ。

最先端のブランドを誘致し、数々のショッピングセンターを流行らせてきた和美の言葉はテナント側からも重く受け止められているに違いなかった。その自負が和美にはある。ショッピングセンター業界では自分の言葉は特別な価値を持っているのだ。だからこそ、和美が接客に口を出してもテナント側は不満を口にすることはない。今や和美は、営業だけではなく、ショッピングセンター内のテナントを取り仕切る女王としての顔も持ち合わせるようになっている。実際に陰でそう言われていることを和美は知っていた。それは和美の自尊心をくすぐる効果を発揮した。

だがミナモアを見てみると、和美のやり方とはまったく逆の方法を採用しているようだった。スタッフは客の邪魔にならないようゆったりと構えているし、客も客でのんびりと服を選んでいる。それが、なんとなく洗練された社交場のようなイメージを膨らませてきて、和美自身少しばかり憧れを抱いてしまったのだった。

その事実が腹立たしさを生む。今、この店で最先端の服に身を包んでいるのは自分で間違いないはずなのだ。その自分が他の人に羨望（せんぼう）を抱くなんて許されることではない。

和美はわざとらしく咳払いをした。

（私を見て）

というあからさまなメッセージが込められている。店内の客が顔を上げるほどの大きな咳になった。だが和美は気にしない。目を向けてきた人たちに逆にねめつけるような視線を送り返す。そんな和美の咳払いは、当然スタッフにも聞こえており、女性客と話をしていた店員が和美に目を向けてニコリと微笑んだ。薄化粧で飾り気のない印象のスタッフは三十代半ばといったところか。堂々とした立ち居振る舞いから、この店の店長だろうと想像がついた。

「失礼いたします」

スタッフは親し気に話をしていた女性に断りを入れ、和美のもとへやってきた。こちらに目を向けた女性客も和美に気づき、微笑みを投げかけてくる。話を中断させられてもまったく気にしていない様子だった。女性客は服を選ぶ作業に戻り、すぐに、それがさも楽しくて仕方ないといったように目を輝かせはじめた。

（ちっ……）

その無邪気にも見える仕草に和美は胸の内で舌打ちした。

（格の違いに恐縮しろ）

そう思っている。和美はどこに行っても、どの女性からも、憧れのまなざしを向けられる存在だった。昔からそうだったし、そういう人間であり続けようと努力してきた。今、女性客から憧れの目線を向けられなかったことは、自分のこれまでが踏みにじられた気がしてプライドを傷つけられた。

「こんにちは」

そんなときに、スタッフが声をかけてきたのである。

（ここはあいさつではなく咳払いさせたことを詫びろ）

そう思いながらも、せっかちな和美は自分の用件をまくし立てたくてどうしようもなくなってしまった。スタッフを言い負かすチャンスだ、そう意識は切り替わっている。このスタッフをたじたじとさせることができれば、それは和美がミナモアに勝ったことと同じになる気がした。先ほどの女性客に感じた苛立ち（いらだ）も取り戻すことができそうである。和美は仕事柄、ファッションの知識は豊富に持っていた。服の話をすれば、相手が誰であろうと負けるはずがない。

「これからもっと暑くなるでしょ。ゆるい感じのスーツがあれば、営業先での印象もよくなると思って。で、サイズをね。見てほしいなって」

早口に喋りはじめた割には、最後の方はゆっくりと余裕を持たせることができた。少しだけ迷っている感じも出せている。こうしたテクニックは営業で鍛えられたものだ。どんな状況であろうと、その場に合った自分を演じることができる。和美の特技であり、磨いてきた武器であった。

「営業をされているんですね。お客さま、今お召しのスーツもとてもすてきですし、着こなしもお上手ですので、ここに来られたときから、なんの仕事をされている方なのかなと気になっていました。アパレル関係ですか？」

「まあ、そんなとこ。相手もファッションに敏感なのよね。たまには違った雰囲気で営業に行くのもいいかなって」

そう言って、和美は先ほどのスーツワンピースを手に取った。

「これなんて、いいなって思ったの」

「そちら、先ほど鏡で見ておられましたものですね。とてもよくお似合いだと思いました。お客さまのおっしゃる通り、これからの季節、涼しさも表現できると思います」

「サイズを見てくれる?」

「はい。少々お待ちください」

目の奥を光らせて相手の反応をうかがっていた和美だったが、予想と反してスタッフはそこまで前のめりになって売ろうとはしてこなかった。客の和美をたてながらもできるだけ情報を引き出し、むしろ会話を楽しもうとしているように見える。服が素直に好きなのかもしれない、そんな風に思えて好印象を抱きそうになる。

スタッフはワンピースを取りに向かうと、途中で若い店員とすれ違いざま、なにかを指示した。にこやかに伝え、それを聞いた若いスタッフが笑顔を浮かべて奥に向かいはじめる。だが、その途中で、若いスタッフは棚の角に腰を打ち付け、

「いったぁ……」

と声に出した。先ほどの和美の咳払いより明らかに大きく、ショップ内の全員が振り返るほどだった。若いスタッフは腰をおさえていたが、自分に視線が注がれていることに気づくと、

「失礼しました」

顔を赤く染めながら頭を下げた。すかさずワンピースを取りに行ったスタッフが駆け寄り、若いスタッフをのぞき込む。特に叱責する様子はなく、ケガがないか気づかっているらしかった。そして、なにかを確認し合った二人は客に向き直ると、

「失礼いたしました」

同時に頭を下げた。それを見た客たちが、にこやかな笑みを浮かべる。騒がされたことを特に気にしていない様子だった。

気にさせない空気が店の中には流れているのかもしれないと和美は思った。むしろ仲よさそうな二

人のやり取りに、いいものを見ることができたという感じさえある。

若いスタッフは先ほど和美に笑顔を向けてきた女性客のところに行き、慌ただしく一礼したあと、顔を赤くして会話を始めた。女性客が腰を気づかい、スタッフが苦笑いしながら首を振る。すぐに二人から笑いがこぼれはじめる。特に若いスタッフの声が大きい。周りに客がいることを忘れてでもいるようによく笑う。おっちょこちょいはさておき、若いスタッフが明るい性格をしていることはすぐにわかった。

「お待たせいたしました」

三十代のスタッフが戻ってきた。先ほど見せた対応の仕方から店長であることは間違いないだろうと和美は思う。その店長が、ワンピースを二着棚に置き、

「お身体に当てさせていただいてもよろしいでしょうか?」

和美に笑みを向けてくる。和美ははっと我にかえると、

「ええ」

のぞき込んで来る店長にうなずいた。

「こちらが一番細いサイズです。お客さまであれば、こちらがぴったりだと思います」

店長が肩にワンピースを乗せ、続いて和美のスタイルの良さを褒めそやす。

「うん。仕事だと、このぐらいがちょうどよさそうね」

和美は引き締まった腰とぴったり合わさったワンピースを眺めて笑みを浮かべる。

「こちらは普段使いでも十分活躍できるアイテムですよ」

店長が丁寧さの中に親しみを込めた口調で言う。

「お仕事だけの利用ですと、このサイズがよろしいかと思います。ただ、普段も使われるのでしたら、もう少しサイズを上げた方がゆったりとした感じで使っていただけると思います」

店長がサイズの大きいワンピースを持ってきた。さすがに大きいだろうと思いながらも肩に当てら

れた姿を鏡に映すと、そこにはいつもとは違う自分が立っているように見えた。

(確かに、普段使いならこっちのほうがいいかも)

今までは、フォーマルさの中でいかにオシャレを表現できるかを意識してきた。最初からゆとりを意識したファッションなど、ずいぶん考えることがなくなっていたのだ。

店長のアドバイスに感心した和美だったが、

(簡単に納得するわけにはいかないわ)

和美は店長に感心したことで、逆に言い負かしてやりたい衝動にかられるようになった。言い負かされた店長はきっと和美の前で恐縮するだろう。そこに追い打ちをかけるようにファッションの知識を浴びせかける。そうすることで、ミナモアに対する優越感にも浸れるのではないか。

「少しいい? 私が普段、着ると想定して、オススメを選んでくれない?」

和美は目の奥を光らせながら、そう言った。オススメを選ぶことは販売員としてのセンスが問われる場面だ。そして十中八九、値段の高いものやショップが売りたいと思っている商品を提案してくるに違いない。それは一見まとまっているように見えるが、客が着るとどことなく違和感を抱かせるものになる。客に合っているかどうかは考えられずに、売れてほしいと思っているアイテムが選ばれるからだ。

(そんな服を持ってきたら……)

私に全然似合わないじゃない、そう突き返してやる。

そのやり取りを思い描いた和美はニヤリと口角を持ち上げた。

「普段はなにをして過ごされますか?」

だが店長は和美の思惑にまったく気づかない様子で、丁寧な口調のまま聞いてきた。

「普段? そうね……」

顎に人差し指を当てた和美は、私に普段なんてあったかしらと首をかしげた。休みはほとんど取っていないし、たまの休みがあったとしても自分が携わったショッピングセンターを回ることに費やしている。実際に目で見てテナント側に緩みがないかをチェックするのだ。お出かけといえばお出かけだけど、ほとんど仕事をしているという感覚に近い。

「お散歩したり、カフェで本を読んだり？」

和美は絶対にしそうにないことを口にした。言葉にした後で、

（そんな過ごし方、もう、ずいぶんしてないな）

と思う。同時に、かつて一緒に散歩をしていた幸一の面影を思い出しそうになって、フッと自嘲めいた笑みを浮かべた。

「お散歩ですか？　私も好きです。広島は自然が近くにありますから、お散歩していても気持ちいいですよね」

「そうなの？　私、東京から来たばかりだから広島のことあまりわかってなくて」

「東京から？　遠くからご来店いただきありがとうございます。でしたら、なおさら広島を回ってみてください。いい町だと思っていただけると思います」

「出張で来たの。そんな時間ないわ」

東京と聞いてもまったく怯んだ様子を見せない店長に和美は強い口調で答えた。地方で暮らす女性にとって東京は憧れのはずだった。東京のショッピングセンターで、地方から出てきた女性を見る度、和美はそのことを感じている。だが、店長からはそうした気配がまったく感じ取れなかった。東京に対する憧れはもちろんあるのだろうが、それはそれ、といった考えを持っているようである。むしろ、広島に対する強い愛着が言葉の端々に表れている気がして、そのことに和美は反感を覚えた。

「それよりも、私へのオススメは？」

話をもとに戻す。店長が東京をどう思っていようが今はどうでもいい。店長を言い負かすことができるかが重要なのだ。和美の早口を聞き、店長は逆にゆっくりとうなずいてから、

「そうですね」

にっこりと微笑んだ。

「お客さまですと、ゆったりめのデニムパンツに、白のシャツなんかよく似合うと思います」

「デニムパンツに白のシャツ？」

「お客さまは、はっきりとした顔立ちをされていますし、スタイルもよろしいので、シンプルなファッションのほうが似合うのではないかと思います。そういう服装のほうが、お散歩をしていても、カフェに長時間いても疲れないですしね。そのような服はお持ちですか？」

自信ありげに言ってくる店長に、和美は少々面食らった表情をした。若い頃に好んで着ていた服が、まさにそれだったのである。そのことを見破られたのではないかと胸がドキドキしてくる。

入社して数年間、仕事でへとへとになって帰るという暮らしの中、休日だけはできるだけリラックスして過ごそうと考えていた。自然、ファッションも気負わないシンプルなものを好むようになる。

（あの頃は、極力、のんびりとした時間を過ごすことを優先していたな）

そのことを和美は思い出す。変わったのは三十歳を過ぎたあたりからだ。成果を上げただけ出世に繋がると気づき、常に気を張り続けていなければ出世レースから脱落してしまうと考えるようになった。家から一歩でも出る時はきれいめの服に着替えるようになり、それは今でも続けている。

「ちょっと見せてくれるかしら？」

和美は声のトーンを少しだけ上げて聞いた。今、自分がかつて着ていた服を身に着け、どのように見えるのかも少しだけ興味がある。

「はい」

店長は白シャツを取りにいき、棚の上に広げた。

「へぇ」

和美は思わず声を洩らす。長い間、目を向けてこなかったからかもしれないが、白シャツのスマートなフォルムは新鮮で気高いように見えた。スーツワンピースとはまた違った爽やかさを演出することができそうだ。

「これにデニムパンツを合わせると」

そう言いながら店長はスマホを取り出し、

「こんな感じですかね」

言いながらデニムパンツと白のシャツが映った画像を表示した。白シャツは今見たものとは別のブランドのものだったが、イメージを膨らませるには十分だ。

(確かにありかもしれない)

スマホを受け取ってから和美は思う。シンプルな組み合わせも、着こなし方によっては圧倒的にオシャレに見える。飾り気がない分、大人の余裕を表現することができそうだ。

(でも、実際に着てみないとわからないわ)

スマホの中の画像は、三十代前半であろうモデルが着こなして映っているのである。

「デニムもいいわね。試着させてくれない?」

和美が言うと、店長は目を丸くした後、急に慌てた様子で頭を下げた。

「申し訳ございません。うちでは取り扱ってないんです」

「え?」

「うちはそれこそお仕事で着るような服を多く扱っていて、デニムパンツは置いていないんです。ただ、この白シャツだけは絶対にオススメで、お客さまには必ず似合うと思いました。それで、こちらを見ていただきたくて……」

そう言って、白シャツを手に取り、うっとりとしたようなまなざしになる。店長は、今、これを着た和美を想像しているのかもしれなかった。満たされたような表情を浮かべている。

「ちょっと待って。このショップにはないコーデを勧めてきたの?」

「お客さまに似合うと思いましたので。だから、ぜひとも提案したいと思いました。デニムパンツですと、下のフロアに下りてもらって、エスカレーターからすぐのお店がございます。カジュアルなパンツが多くそろっています。そちらをのぞいていただければ、きっとよい出会いがあると思いますよ」

「あなたここの店員よね？　ショッピングセンターの社員ってわけじゃないでしょ？」

「えぇ、そうですけど……」

驚く和美をよそに、店長は不思議そうな様子で答える。

「お客さまに似合うと思いましたので。それだけはお伝えしたいなと、そう思いました」

「だからって……」

和美が絶句したのと同時だった。

「ごめんなさい。もう二時だ。私、行きますね」

若いスタッフと話をしていた女性客が手を振りながら立ち去る。それを若いスタッフがにこやかな笑みを浮かべて見送っている。まるで友だち同士のような親しさが溢れているように見えた。

別れる二人を見つめた和美は、女性客がショップから出ていくと、はっとなって袖を捲った。

「ていうか、もう二時？」

腕時計に目を落とす。針は一時五十分を指している。約束の時間まで余裕があると思っていたのに、気づかぬうちに時間は過ぎていたようだ。ミナモアの運営会社の社員との待ち合わせは二時である。

「ごめんなさい。私、約束があるの。もう行きます」

和美が慌てて駆け出そうとすると、店長は深々と腰を折って、

「とてもすてきな時間をありがとうございました。お客さまとお話しできてとても楽しかったです」

一語一語を噛みしめるようにして告げてきた。聞いて、立ち止まりかけた和美だったが、店長が微笑むのを見て、なぜか何度もうなずきを返してからその場を後にした。

フロアを足早に進みながら、今出てきたショップを振り返る。店長がワンピースを片づけながら、

若いスタッフと話をしている姿が見えた。若いスタッフが頭に手を置きながら舌を出している。それが、画面越しにドラマを眺めているような、ひどくあたたかいものに映り、和美はそのことに首をかしげたのだったが、すぐに頭を振ると、待ち合わせとして指定された場所へと急いだ。

三

待ち合わせ場所は二階の広場である。

「すみません」

和美はエスカレーターに乗っている人を追い越して足を進めた。

だが三階に下りたところで立ち止まらされてしまった。列ができている。下りのエスカレーターの手前で人の流れが止まっていた。

首を伸ばして見てみると、列の右側は空いていた。和美はすかさずそちらに向かうと、人々の横を早足で進んだ。

「ごめんね、ひとみ」

先頭まで来て列の原因に気づく。九十歳を超えているであろう老女がエスカレーターにうまく乗れずに手間どっているのだ。その老女を娘らしき高齢女性が手をひいて乗せようとしている。

「ええよ」

娘の方が老女に返事をする。

「歩けるうちは歩いたほうがええんじゃけ」

ゆっくりとエスカレーターに足を乗せた老女は胸に手を置きほっと息をつくと、後ろを振り返り、

「すみませんね」

申し訳なさそうに言った。その老女に合わせて、一緒に乗った女性も頭を下げている。順番を待つ

客たちは頬を緩めながら首を振ったり、大丈夫ですよと返事したりしている。待たされたことを特に気に留めていないようだった。ただひとり、和美だけが苛立たし気に貧乏ゆすりしている。

「ちょっと。すみません」

エスカレーターに乗った和美は横幅いっぱいに並ぶ二人に声をかけた。娘の方が気づいて振り返り、

「あら、ごめんなさい」

と道を開ける。和美はその横を駆け下りる。胸には焦りを抱えている。

(急いでいる人がいることも考えてほしいわ)

和美は毒づく。急いでいる人。つまり忙しい人というのは、それだけ抱えている仕事や案件が多いということだ。そうした人たちこそ社会をけん引しているのだと和美は考えている。なにより和美自身、常に気ぜわしくしていないと不安を感じてしまう体質である。忙しさへの賛美は日増しに高まるばかりだ。

二階フロアまで下り、中央広場に向かう。路面電車の駅になっている広場だ。路面電車が二階部分に乗り入れているのは、日本中を探してもこのミナモアしかないらしい。どこかで耳にした噂を思い出しながら和美は息を弾ませる。

コスメやアクセサリーショップが並ぶフロアを抜けた和美は、

「あっ」

広場に出た瞬間、立ち尽くした。

光が空から降っていた。

広場全体がまばゆい陽光で満たされ、まるで光の帯が揺らめいているように見えた。その帯に包まれるように路面電車は停まり、人々は光を全身にまといながら歩いている。透明な天窓を通して差し込む光は、壁にぶつかって様々な角度へと跳ね返り、広場中の至る所できらめきを生み出している。

「きれい」

思わず感嘆する。

出張の多い和美は他にも美しい駅を知っていた。東京駅であったり京都駅であったり金沢駅であったり。凝った造りの駅はそれだけで絵になり、人々の心をひきつける。そして、このミナモアの広場もまた、それらに匹敵するほどの美しさを備えているようだった。

なにより、あの風が感じられると和美は思う。

数多く配された植栽近くのベンチ。そこに腰掛ける人々。スマホを耳に当てながら歩く女性。ワイシャツ姿の男性はコーヒーを片手に同僚と談笑している。

まるで映画のワンシーンに紛れ込んだような、だからこそ親しみやすさと憧れを同時に抱いてしまう場所だと思った。

和美は立ち止まったまま辺りを見渡した。ミナモアに入ってから幾度となく感じてきた爽やかな風を、ここでも感じることができた。人々が自然体でいることがその原因かもしれない、そう思う。

不意に急く気持ちがなだめられた気がした。和美は腕時計に目を落として時刻を確認する。急いで来たこともあって、待ち合わせ時間には少しだけ余裕があった。

「あそこね」

広場の反対側奥のオープンカフェを目にした和美は、息を整えながらそちらへ向かう。待ち合わせとして指定された場所がこのカフェだった。カフェの近くまで来ると、コーヒーの香りがうっすらと漂ってきた。それが全身に染み渡ってくるのが嫌で、和美はコーヒーの香りが届かない場所へと移動した。植栽の近くに立ち、テーブルについた客を何の気なしに眺める。皆、リラックスした表情でコーヒーを飲んでいた。その仕草というか佇まいというか、動きの一つ一つがどことなく手馴れているように見えて、

（コーヒーを楽しむ文化が広島にはあるのかもしれない）

そんな感想を抱く。

そういえば先ほど訪れた四階フロアでもコーヒーを手にしている人が多かった。ベンチに座ったり、テイクアウトのカップを持って移動したり。コーヒーを持つどの人もミナモアという風景に溶け込んでいた。

そんなことを考えながら、もう一度周囲を見渡した。ミナモアの社員らしき者の姿は見えない。和美は基本的に五分前行動を心がけている。それに間に合わせるために急いで四階から下りてきたのだったが、一時五十五分からは二分ほど遅れてしまっていた。

やがて、時計の針が二時を指したところで待ち合わせの相手が現れた。

「田村さま、お待たせしました」

声のした方を振り返ると、細身の男性が立っていた。歳は三十後半だろうか。色白の肌に大きな目が特徴的な男は、いかにも人のよさそうな顔立ちをしている。

「待ってはいません。私も五分前に来て、この素晴らしい広場を眺めていたところです」

皮肉を少しだけ込めて言った。言った後で、しまったと思う。人のよさそうな雰囲気に、つい強気な自分が現れてしまった。他社のショッピングセンターに少なからず感銘を受けていたことも皮肉な口調に影響していたかもしれない。ミナモアの社員を目にした途端、ライバル心が湧き上がってしまった。だが、自分は今日、教えてもらう立場で来ているのである。新しい上司から指示が出ている以上、一応は話を聞き、それなりの報告書をまとめなければ自分の評価が下がってしまう。

「なら、よかった。ちょうど直前に電話がかかってきて。その方と話をしていたらギリギリになってしまいました」

男が安心したといったように手を胸に置く。

「よろしかったのですか？」

「えぇ。来月のイベントに出ていただく作家の方から、二、三質問をされただけですので」

「お忙しい中、無理言って時間を取っていただきありがとうございます」

「いえ。こちらこそ田村さまのような方に視察に来ていただき光栄に思っております。あいさつが遅くなりました。営業担当の江口と申します」

そう言って名刺を差し出してきた。それを見て、和美も名刺入れを取り出す。

「気づかずにすみません。メールでやり取りをさせてもらっていたから、初めてという感じがしなくて。そう言えば顔を合わせるのは今日が初めてでしたね」

嘘だ。余裕を見せるためにあえて遅れて出したのだ。こうしたところも和美の営業テクニックの一つである。

名刺交換が済むと、江口は和美の名刺をマジマジと見つめ、

「実は」

と顔を上げて言った。

「初めてではないんですよ。三年前に横浜で行われた御社のワークショップ。そちらに私も参加させてもらいました」

「そうなんですか?」

「えぇ、大変感銘を受けました。ありがとうございます」

「ごめんなさい。記憶に残っていなくて」

「いえいえ。全国から人が集まられていましたからね。みんな、田村さまの話を聞きたくて参加したのだろうと思います」

横浜のワークショップというのは、和美の会社が全国のショッピングセンターや百貨店に向けて開催したイベントだ。今まで培ってきた、テナント誘致の方法やマーケティング技法をオープンにすることで、実店舗を運営する者同士、隆盛を極めつつあるAIショッピングに立ち向かっていこうと、そのことを目的として開かれたものである。だが、それはあくまで名目上の話であった。実際はショッピングセンター最大手として、その存在感を世間にアピールすることこそが狙いだったのである。自

社のイベントに他社を招くことで、自社こそが商業施設界のけん引役だと世間に知らしめよう、そうした魂胆があった。他社の社員が自社の社員に教えを受けている様子がメディアに乗って広く流れれば、やはりあの会社は違うと思ってもらえる。そして、それを見た人々は和美の会社のショッピングセンターに感心し、今よりも足を運んでくれるようになるだろう。そのワークショップで目玉として紹介されたのが和美である。流行を先取りするテナントを次々と誘致してきた和美は商業施設界では名の知られた存在になっていた。

「かくいう私も田村さまの講演を聴きたくて参加したひとりでした」

江口が微笑を浮かべたまま言う。

「今までにない刺激と気づきを得ることができ、大変勉強になったと思っています。実は、あのワークショップで質問させていただいたのですよ」

「あら、そうなんですか?」

「売り上げが落ちてきたテナントをどうすればよいか、そのようなことを質問いたしました」

和美は目の前の男性をジッと見つめた。くりくりとした特徴的な目に、記憶の底から浮かび上がってくるものがある。

「あぁ、確か、あのとき」

和美が口に手を当てると、江口は、

「思い出していただけましたか?」

頬を緩めて言った。

「確かに質問をされる前に広島駅ビルのミナモアと紹介された方がおられましたね。あの方が江口さんですか?」

「覚えていてくださって光栄です」

軽く頭を下げる江口を見て、和美は気づかれない程度に顔をしかめた。

（せっかく忘れることができていたのに）

そう思う。

江口とのやり取りは、どちらかというと覚えておきたくない過去だった。あのとき、自己紹介で、

「広島駅ビルミナモアの江口です」

と聞いた和美は質問者に対して並々ならない闘争心を露わにしてしまったのだ。そのためにひとつの質問に十五分もかけて答えるはめになった。他の質問は一分もかけずに答えていたのに、江口にだけはあれこれと自分の実績を並べたてて高圧的に説明した。それは周りにも異様に映ったようで、ワークショップが終わったあと、

「全体的には素晴らしかったがあの広島から来た質問者への回答だけは長ったらしかったな」

そう上司から苦言を呈され、しまったと思った記憶がある。なんでも完璧を求める和美からしたら、小さいが、それでも確実に汚点をつけられた出来事であった。そのことが悔しくて、仕事を忙しくすることでワークショップのことを忘れようと心がけてきたのである。そして、それはどうやら成功していたらしく、和美はミナモアの質問者を今が今まで忘れることができていたのだった。

（確かあのとき……）

一度思い出したことで和美の中の記憶は次々と引き出されるようになる。

「売り上げが下がっていることを逆にチャンスだと捉えなければなりません」

そう和美は答えたのだ。

別のテナントを入れ、新しい風を吹き込ませるチャンスだと和美は力説した。売り上げが落ちたテナントがあれば、お客さまの印象が悪くなる。人が寄り付かない一角があると、ショッピングセンター全体の活気が損なわれることに繋がる。いち早く売り上げが落ちている兆候を見抜き、早めに、まだ出店してもらっていないテナントに営業をかけて入ってもらう。営業は決してテナントを誘致して終わりではない。新しいテナントを入れ続けて循環させていくことでお客さまの購買意欲を刺激するこ

とができるのだ。また、入れ替わりが激しければテナント側も危機感を抱くようになる。なんとか追い出されまいと販売に工夫を凝らすようになる。結果、売り上げアップに繋がる仕組みができることになるのだ。あのとき、和美はまくし立てるように、そう説明したのである。

「横浜では、少し喋り過ぎてしまったところはあったかもしれませんけど、説明の内容は理解していただけましたでしょうか？」

和美が作り笑いを浮かべると、江口は満足そうにうなずいた。

「とても参考になりました。売り上げが落ちていないか早めに察知しなければならないというお話に関しては、まさにその通りだと思いました。そうした意識を持ちながら今もミナモア内を見ることができています」

「では、御社でもテナントの入れ替えが頻繁に行われているのですね」

「いえ、そういうわけではありません。これは広島の人の特徴なんだと思いますが、愛着のあるものを大切にするという傾向が特に広島では強いように思います。入れ替わりが激しいと、確かに一時は熱が高まるかもしれませんが、その分、冷めるのも早いのかなと。それよりも、長く愛される工夫ができないかを我々は考えています」

「具体的には？」

「そうですね。例えば、ショップのスタッフを紹介するSNSに力を入れてみたり……。ひとりひとりの好みや思考、意気込み、その人が今ここで働くに至った経緯などを伝えることで、ショップだけではなくスタッフにも親しみを抱いてもらえないかなと、ミナモアでは、そういったことに力を入れて取り組んでいます」

「スタッフの紹介ですか？　失礼ですけど、お客さまがそうした情報を求めているとは思えないのですが」

「それでも、私たちはやり続けたいと思っています。お客さまはブランドや商品だけを目的に来るのではなく、そこに、スタッフに会いに行くという要素があってもいいのかなと。スタッフと友だちのように話をするだけでもいい。SNSを見て同じ趣味を見つけて会いに来てもらうだけでもいい。スタッフも、お客さまを神様だと思う必要はなく、親しくなっていく中でお客さまにとって本当に必要な商品を提案できればいいかなと、そういう思いを持って働いてくれませんかと我々はテナント側に伝えています」

聞いて、和美は先ほどのショップでの出来事を思い出した。店長も、働くスタッフも変にかしこまった態度をとらずに接してくれた。横柄さは少しもなく、こちらのペースや思いに寄り添おうとしてくれていたように思える。なんというか献身性さえ感じるほどだった。お客さまである和美のことを心から考えて接客しようと、その思いが伝わってくるようだった。

「それだけ？　売り上げの落ちたテナントに対して、対応はそれで終わりですか？」

だが和美は腕を組んで言った。江口は視線を下げた後、穏やかな微笑を浮かべて首を振った。

「他にも、テナントの方々と弊社の社員で集まってコーヒーを飲みながら工夫ができないかを話し合ったりもします。接客の仕方を確認したり、辛いことや悩み事がないかを聞いてみたり。あ、でも、これは常日頃からやっていることですね。売り上げが落ちたことはあまり関係ないかもしれません。他にはそうですね……。売り上げを戻すために一緒になってイベントを企画したり。そういうところには特に力を入れていこうとしています」

「効果はあるんですか？」

「あると思うんですけどね、私は。ミナモアから撤退するテナントは他のショッピングセンターに比べて少ないと個人的には感じています。ある程度売り上げが立つと思われていることが最大の原因だろうと思いますが、スタッフが楽しそうに働いてくれていることもそこに含まれているのかなと、そう思っています。それでも、オープンから十年の間に、いくつかのテナントは出ていかれました。それらもなるべく、ミナモアで出店してよかったなと思ってもらえるように、失敗ではなく次のステップアップのための一歩だったんだと考えてもらえるようにできないかなと、そんなことを思いながら撤退するまでお互いなにかできることはないかを探しています」

「随分、テナント側を優遇されるのですね。それでは、お客さまが満足しないのではないですか？」

和美の挑戦的な物言いに、江口は少しだけ目を見開いた後、

「そう思われるかもしれませんね」

小さな声で答えた。そのまましばらく、視線を広場の方に向けていたが、ふと思い立ったというように和美を振り返って来た。

「そういえば、田村さま」

「さん、でいいですよ。私はお客さまではないのだから。私の方から頼んでミナモアを案内してもらうのです。さまなんて、恐縮してしまいます」

「では、改めまして田村さん」

江口は白い歯をのぞかせた。

「コーヒーはお好きですか？」

和美は首を振った。

「ごめんなさい。苦手なの」

「そうですか……」

江口は明らかに落胆のわかる表情を浮かべながら柔和な笑みを取り繕った。

「でも、ここはカフェが随分多いですね。コーヒーの香りが館内中に満ちているみたい。コーヒーを持って歩いている人も多いですし」

和美が、さすがに申し訳なく思って助け舟を出すと、江口は顔を上げて目を輝かせた。

「そこがミナモアの売りでもあるんです。広島は元々コーヒーの消費量が全国的に見ても高かったんですよね。でも、外出先でコーヒーを飲むかというと、そこはそれほど多いわけではなかった。ミナモアの立ち上げ時のマーケティング調査でそのことを知った我々は、カフェが身近なところにあれば、

もっとコーヒーを飲む機会が増えるのではないかなと考えたのです。カフェを日常的に用いる中で、コーヒー文化といいますか、カフェのある暮らしといいますか、そうしたゆったりとした空気感を作っていけたらいいなと。そう思って、全館カフェということを一つのコンセプトとして運営することにしたのです。各フロアには必ずカフェがありますし、それもフロアの雰囲気ごとに違う種類のカフェに入ってもらっています。テイクアウトのコーヒーを持っている方が多いのもそのためでしょう。コーヒーを飲みながらショッピングというのが一つの形になりつつあるようです」

「館内を回った時、なんとなくのんびりとした雰囲気を感じることができたのは、カフェを意識して運営されているからなんですね」

　和美が言うと、江口は大きい目をさらに大きくした。

「既に、ミナモアを見て回られたのですか？」

「少しだけ時間があったものですから。それにしても、全館カフェとはね。言われてみれば、なるほどそういうことかと納得させられるものがあります」

　江口の説明で、和美はミナモアに来て以来、幾度となく胸の中に流れ込んできた風の正体を掴めた気がした。

（あの爽やかさはカフェにいるときの、心が和んでいく感じに似ていたのね）

　そういえば、ミナモアの館内もカフェのように工夫が凝らされていた気がする。植栽が多く配置され、人の目を気にせずくつろぐことができるような場所に椅子が置かれていたりした。その椅子も、様々な形、高さのものが見受けられた。きっと、この場所ならお客さまはどのようなことを感じ、どのように過ごしたいと思うだろうと何度も何度も熟考を重ねた結果、選んで配置したに違いない。そのような細かい部分に対しても、画一的なものを入れるわけではなく、こだわりを持って配置している。そうしたこだわりはお客さまへの愛情を感じさせ、その愛情が館内全体の居心地のよさに繋がっているのかもしれないと和美は考えた。

（原動力はなんだったのだろう）

不意に思う。相当な手間と労力がかかったはずだ。同じ業界にいる和美にはそのことがわかる。立ち上げ時にいた社員は、それこそ膨大な業務量をこなさなければならなかったに違いない。しかも手探りの中での仕事だったはずなのだ。ミナモアというショッピングセンターは、十年前、まったく新しい形のショッピングセンターとしてオープンした。それから十年という時の中で、広島のシンボルと目される独自の地位を築き上げるまでになったのである。

（原動力を知りたい）

今のミナモアがどのようなショッピングセンターかはもちろん重要だ。だが、オープン時の、熱が高まっているときの状況こそ私は知らなければならないのではないかと和美は考えた。それを知ることで、自らが手がける新潟のショッピングセンターを成功に導くことができる気がする。

「ん？」

和美はそこまで考えて、首をひねった。そんな和美に気づいて、

「どうかされましたか？」

江口が不思議そうに聞いてくる。和美は慌てて手を振り、

「なんでもないの。ごめんなさい」

そうごまかした。だが、内心では自分の気持ちの変化にひっかかりを覚えている。

（私、ミナモアを理想だと思っているの？）

意外だった。ライバル視していたショッピングセンターがミナモアだ。地方だから成功できたのだと見下そうとしてきた。それ以上に、毛嫌いに近い感情を和美は抱いていたのである。ミナモアは、かつて、一緒に人生を歩もうと思ったあの人と結びついている。今も幸一は、このミナモアでカフェを営んでいるのだ。

「田村さん？」

名前を呼ばれて、和美ははっと我に返った。声のした方を見ると、江口が心配そうな顔をしてのぞき込んでいる。

「ごめんなさい。ちょっと、考え事をしていたもので」

「大丈夫ですよ。ゆっくりお考えください。それが、田村さんがここに来た目的でしょうから。また、そうやってミナモアを見て考えてもらえた方が、案内する私としてもうれしいことです」

江口が品のいい笑顔を浮かべてくる。そして続ける。

「いかがでしょう？　一度、見られたということですが、改めて各フロアの説明をしながら案内させていただくというのは？」

「ええ。よろしくお願いします」

和美が笑みを返すと、江口は一度うなずいてから歩きはじめた。

あたたかい陽射しが差し込む広場を二人は進む。行き交う人々の話し声や靴の音が広場に小気味よく響いている。

（本当にどこか違う国にいるみたい）

そんなことを思いながら和美は江口の隣を、知らず知らず、いつもより遅いペースで歩いた。

四

江口の説明を聞きながら和美はミナモアの館内を見て回った。見学しながらまず目がいったのは、仕事柄、やはりテナントの質だ。

（しっかりとそろっているじゃない）

押さえるべきところは押さえているといった印象だ。時代の先を行くような個性的なショップは少ないかもしれなかったが、それでもミナモアに来れば流行に乗り遅れることはないだろうという安心感を抱くことができそうだった。世間的に格が高いと言われているブランドも当然のように入っている。東京や大阪、名古屋、福岡といった大都市と比べても遜色のないテナントの質だ。

「ミナモアで、ある程度実績を作ることができたということで、広島の他の商業施設にも出店していただくブランドが増えたようですよ」

江口は、広島の町に波及効果が生まれていることをうれしそうに語った。決して自慢しているような口ぶりではなく、上から目線という感じもなかった。本当に、広島に住む人たちにとっていい影響が出ていると、そのことを喜んでいるようだ。

テナントのチェックが終わると、次に和美は人々の表情に注目した。様々な表情の人がいる。楽しそうにしている人もいれば、険しく眉を寄せている人もいる。ひとりで考え事をしている人もいれば、仲間と笑いながら歩いている人もいた。ただ、全員に一つだけ共通していることがあった。

自然体でいること。

変に緊張したりするのではなく、ありのままの自分でミナモアにいるように見えた。それぞれがそれぞれの自分を大切にしながら過ごしているように見える。どんな自分であってもミナモアには居場所がある。その時々の自分に素直でいようと、そう心を許している感じがした。それが館内全体のゆとりのある空気感を形成しているような気がする。

（これが全館カフェの姿なのかもしれない）

すれ違う人、ベンチでくつろぐ人、ショッピングをする人。ひとりひとりを眺めながら和美は思う。いや、客だけではなかった。テナントのスタッフも満たされた表情を浮かべている。客との会話を楽しみながらコーデを一緒に考えているのだ。作り物の笑顔ではなく、スタッフの本来の笑顔が表れている気がした。誰もがミナモアで働く自分を好いている。そうした思いもミナモアの空気の中に溶け込み、客もスタッフも一緒になってミナモアを構成しているように見えた。

（全員が主人公であると同時に風景の一部なのだ）

そうしたところが、ひょっとしたらカフェの雰囲気と似ているのかもしれないと和美は思う。同時に唇を噛みしめている自分がいた。今までにはない敗北感を感じたからだ。和美の会社のショッピングセンターにはまったくない空気感がミナモアには流れている。それをうらやましいと思ってしまう自分が悔しい。

その後も、和美は様々な場所を見て回った。

六階のレストランフロアでは広島ご当地のお店が並びつつも東京で流行っているお店も入っていて、その選択肢の幅の広さに感心した。家族連れでの利用からビジネスでの利用、ハレの日の会食などあらゆる場面に対応できるよう作られている。中四国最大級という広いフロアがあるからこそ実現できるのかもしれなかったが、お店の選び方といい、落ち着きと活気を同時に生みだす場づくりといい、

(しっかりと考えられているな)

そういう印象を抱かないわけにはいかなかった。

屋上フロアに上がると、敷き詰められた人工芝の緑に眩しさを覚えた。そこではコーヒーを片手に話し込むカップル。遊具で遊ぶ子どもたち。階段に座り、本を読む白人の男性など様々な人が思い思いの方法で過ごしている。この屋上、『ソラモア広場』ではよくイベントが開催されると江口から聞いた。地元広島でがんばっているお店を集めてマルシェをしたり、広島で活躍する人が自分の得意を発表する場を作ったり。他にも東京で人気になったイベントを広島まで呼んで賑わいを創出することにも力を入れているという。そんなイベントも地元広島の人たちが関わることで充実してきたようだった。マルシェで出店した人が運営側に回ってイベントを行うなど、輪が広がっていく中で盛り上がりも高まってきているという。ここでも、先程から和美が感じているように、客と一緒になって楽しめる場所を作っていこうと、そうした姿勢が強く表れている気がした。広場を見渡していると、イベントを満喫する多くの客の姿が目に浮かんでくるようだ。そうしたイメージを容易に掻き立てるほど、屋上のソラモア広場は気持ちのよい場所である。イベントには最適の場所に思えた。

他にも映画館やホテル、駐車場と回り、再び館内に戻って、広島出身の若手デザイナーが設計したという空間を見せてもらってから、二階の食品フロアを通り、再び、光が降り注ぐ広場に帰ってきた。

「以上で、ざっとミナモア全体を紹介したという形になります」

江口が笑顔を浮かべながら話を結ぶ。時間にして約一時間半ほどだった。きっと、いろいろなところから視察の依頼を受けているのだろう。話しぶりといい、施設の見せ方といい、よどみなく紡がれる江口の説明は、ミナモアの全体像を鮮明に浮き上がらせるわかりやすいものだった。

「なにかご質問はございますか？」

江口が窺うような目を向けてくる。気を遣っていることがすぐに伝わってきた。

それもそのはずである。和美は江口に案内してもらっている間、質問をまったく挟むことなく、ついて回っていただけなのである。横浜のワークショップでは、気の強さを前面に押し出してまくし立てた和美だ。その和美が一言も喋らず、うなずくばかりだったことに、江口は不安を抱いているようであった。

「素晴らしいショッピングセンターだと感動しました」

和美は大きく息を吸い込んだ後、そう切り出した。それから、ミナモアのようなショッピングセンターが今こそ求められていること。全国的に評判になっている理由がわかったこと。広島の人々がシンボルだと思う気持ちが理解できたこと、そう続け、各フロアを回りながら抱いた感想を細かく伝えていった。どれも賞賛ばかりだった。和美は江口と一緒に見て回る間、ずっと感心していたのである。

そんな自分に驚きもしたが、和美はそのことに爽やかな感動を抱いてもいたのである。

語り終えた和美は、

「一つだけ、よろしいですか？」

決意のこもったまなざしを江口に向けた。

「どうぞ」

江口が一瞬身構えた後、返事する。そんな江口に、和美はもう一度息を大きく吸い込んで言った。

「私は今回、新潟で新しいショッピングセンターを立ち上げるプロジェクトを任されています。その参考とするために、御社にミナモアの視察を依頼しました」

「はい、存じ上げております」

「これは質問ではなく、相談になるのかもしれませんが……」

「相談？　なんでしょう？」

「御社がミナモアを設立する前のこと……。たとえば、社員の皆様の思いが伝わってくるような資料とかデータが残っていないでしょうか？　あれば、ぜひ、見せていただきたいのです」

「ミナモア設立前の思いですか？」

江口が驚いたように目を開く。和美の唐突な申し出の意味がすぐには理解できないらしかった。

「難しいことはわかっています。十年前の、それも思いなんて……。そんな、記録には残せないものなど、なくて当然です」

だが、和美は諦めなかった。諦めたくなかった。

突拍子もないことを言っていることは自分でも理解できている。自分は今、とてつもなく見当違いのお願いをしているのではないか、そのことも知っている。

それでも頼まないわけにはいかなかった。

どうしても知らなければならないのだ。

ミナモア設立時の社員の思いを知ることができれば、新潟のショッピングセンター立ち上げを成功に導くヒントを得られる、その確信がある。逆に知ることができなければ、プロジェクトは誰も望まない方向へと進んでいってしまうのではないか、そんな危機感を抱くようになっていた。

「なんでもいいんです」

和美は必死になって頼みこんだ。

「プレスリリース用の資料でも、会議の手書きのメモでもかまいません。本当になんでもいいんです。外部の人間にやすやすと渡せるものではないことも理解しています。それでも、お願いします。どうしても必要なんです。お願いします」

和美は深々と頭を下げた。途端に顔中が熱くなるのを感じる。周囲の人々が今の自分を眺めているのだ、そう思う。四十二歳の女性が勢いよく頭を下げる様子を好奇のまなざしで見つめているに違いない。

そのような視線の中、和美は紛れもない敗北感に包まれていた。男たちに負けじと働き続け、この業界で知らない者はいないと言われるまでの地位に昇りつめた。そんな自分が、地方のショッピングセンターの一担当者に頭を下げているなんて。

「お願いします」

それでも和美は叫んだ。叫びながら目を固く閉じる。

よほどのことがない限り頭を下げることなどしてこなかった。女が頭を下げれば、男は必ずといっていいほどつけ上がる。仕事でもプライベートでも、頭を下げた途端、下位の者としての位置づけを決定づけられる、そう思っていた。

（だけど、なぜだろう？）

顔を地面に向けながら和美は思う。肩は震えているはずなのに、不思議と怒りや屈辱は湧いてこなかった。

（むしろ逆？）

そうなのだ。

和美の胸の奥に広がりつつあるのは、清々しい解放感であった。

知らず知らずまとってきた重たい鎧を脱ぎ捨てた後のような、そんな身軽な思いが和美を包んでいる。絶対に避けなければならないと信じてきた敗北の直後である。しかも、見事なまでの敗北だった。

だが、跳ね返された先で和美を受け止めてくれたのは、もう自分を装う必要はないという底知れない安堵だったのである。

「お願いします。お願いします」

和美は何度も繰り返して江口に頼んだ。広場に響き渡るような大声だ。今は、他の人がどう思っているかなんて関係ない。とにかく頼まなければならないのだ。それしか今の自分にできることはない。

和美のひたむきな懇願に困惑を覚えたのだろう。江口が、

「田村さん？」

と戸惑った様子で語りかけてくる。

「田村さん、顔を上げてください」

江口に言われ、和美はようやく礼をやめた。目の前で、色白の男性が頬を人差し指で掻いている姿が目に映った。それを見た和美はサッと周りに視線を向けた。そこには、和美が想像していたものとはまったく違う景色が広がっていた。

ほとんどの人が和美のことなど気にしていなかった。二、三人が立ち止まってこちらを眺めていたが、和美と目が合うとほっとしたような笑みを浮かべていつもの時間の中へと帰っていった。皆、普段通り過ごしている。それなのに和美は見られていると勝手に思い込んでいたのだ。

（舞い上がっていた）

いつも、そうだった。見えない誰かと戦うために必死に強い自分を装い続けてきた。

（でも、敵は私の中にいたのね）

そのことに和美は気づく。敵とは、自分が作りだした幻影だろう。誰も和美と戦おうなど考えていなかった。いつも和美のほうから戦いを仕掛けてきたのだ。

自身の滑稽さを目の当たりにした和美は、突如声を出して笑いたくなった。おかしさが込み上げてきて止められなくなる。だがここで笑うわけにはいかなかった。頭を下げて頼み込んでいた女が一転

して笑いはじめたら、江口をますます混乱させることになる。

代わりに和美は少しだけ頬を緩めた。その途端、なんだか、今まで大事にしてきたいろいろなことが本当にどうでもいいことのような気がしてきて、身体中の力が足もとへ抜けていくのを感じた。

「江口さん。本当になんでもいいんです。資料でも、江口さんの記憶でも。誰かを紹介してくれてもかまいません。当時を知れるものがあれば、教えていただきたいのです」

落ち着きを取り戻した声で和美は告げた。そんな和美を見て、江口は腕を組んで考え込むような素振りをはじめる。

「なにかあったかなぁ」

そう眉を寄せた江口だったが、しばらくして、

「そうだ」

突如、和美に大きな目を向けてきた。

「すみません、田村さん。少し待っていただいてもよろしいでしょうか?」

言うなり、江口は踵を返して店舗の方へと走りはじめた。

「江口さん?」

突然走り出した江口に和美は手を伸ばす。だが、江口は、

「十分か、十五分ぐらいで戻ります。そこらへんのベンチで待っていてください」

軽やかに広場の中を駆けていった。

「え……?」

和美は江口を追って一歩進みかけたが、遠ざかる男の後ろ姿を目にして、すぐに足を止めた。そのまま立ち尽くし、その代わりにフッと小さな笑いを洩らす。

真面目そのものだと思っていた男がいきなり駆け出したのだ。その姿が、なんとなく滑稽に思えた。江口はアニメのキャラクターのように必死に走っている。まさに一心不乱といった様子だ。よほど大

切なことを思い出したらしい。駆ける江口の背中は、母親に飛びつく子どものように弾んで見えた。

　江口が店舗に吸い込まれて見えなくなると、和美は、込み上げてくる笑いを止めることができなくなってしまった。口を手で覆って全身を痙攣（けいれん）させはじめる。我慢しようとするほど身体からなにかが溶け出ていく気がして、それが更に大きな笑いを生み出していった。数年ぶりくらいにこんな気持ちになった気がする。そのことも和美にはおかしく思えた。

　しばらくひとり震えた和美は、どうにか笑いを落ち着かせると、息を大きく吐き出して辺りを見渡した。

（なんて、いい場所なんだろう）

　胸の中の風を感じながら、改めて思う。それぞれが輝きを放っているような、そんな鮮明さを、ここにあるものすべてがまとっているように見えた。ひとつひとつの姿があまりにくっきりとして見えて、和美は放心したように、その景色の中に立ち尽くした。瞬間、全身に涼しさが染み渡ってくるのを感じた。いつか触れたことのある、はかなくも懐かしい涼しさだと思った。

（ここに来たのは運命だ）

　もう一度広場を見渡し、和美は、そう思う。

　自分が目指さなければならないショッピングセンターがここにあること。それが自分にとって因縁のあるショッピングセンターだったこと。そんなミナモアで過ごす人々を――。豊かな時間の中で過ごす人々を、今、自分は目の前にしていること。

（運命の出逢いだ）

　人生の分岐点に、今、自分は立っているのだと和美は思った。

　ここから人生はまた、新たな方向へと導かれていくに違いない、そう思う。

（もし本当に人生の分岐点にいるのなら……）

　次にとるべき行動はひとつしかない。

自分の道を、もう一度選ぶのだ。

和美は江口との待ち合わせ場所に指定されていたオープンカフェを振り返った。洒落（しゃれ）た造りの外観は、この明るい広場によくなじんでいる。黒い看板には店名が英語で書かれていた。あの人が運営するカフェではないことは、それでわかった。幸一のカフェは東京でやっていた頃と同じ名前のはずだった。そして、看板は緑だ。和美は事前に手に入れていたテナント一覧で、元夫が東京で営んでいたカフェと同じ名の店を見つけていた。

（でも、まだ少し早いよね）

幸一のカフェに今行ければ、それは大きな転換になるかもしれないと和美は思う。だが、まだそこまでの勇気を持つことはできなかった。

どんな顔をして会えばいいのだろうと和美は思う。

自分のわがままを押し付けて別れた相手だ。今会えば、結局、しどろもどろになって、それを彼に見すかされることが恥ずかしくて、昔のままの自分を選択してしまう怖れがあった。せっかくこのミナモアに来て、変われるかもしれないと思ったのに、元に戻っては意味がない。

（でも、いつか……）

幸一のカフェにも行ける日が訪れるかもしれない。そのための一歩を今踏み出そうと思った。ゆっくりと時間をかけて近づいていくのだ。その先で彼と会う日が待っていてくれたなら、それが一番いい。

その場で深呼吸をした和美は、目の前のオープンカフェに進みはじめた。笑顔の眩しい女性からコーヒーを受け取り広場に戻る。手のひらでカップの温かさを包み込みながら、鼻を近づけて香りを嗅ぐ。芳醇（ほうじゅん）な甘い香りが全身に行き渡っていき、和美は、そっと、まるで口づけでもするように唇でカップのふちに触れ、コーヒーを一口飲んだ。

途端に、豊かな苦みが口内に広がってきた。それと柔らかい舌ざわり。

「……おいしい」

思わず呟いた和美は、涙をこぼれさせそうになって慌てて目元を拭う。それほど、コクの深い、まろやかな味わいだった。ほっと心が休まるような、そんなコーヒーだ。

(久しぶりだな、この感覚)

コーヒーを飲むのは何年ぶりだろうと和美は思う。それこそ、ある時期までは毎日のように飲んでいたのだ。別れた夫が淹れてくれたコーヒーを飲むのは和美の日課だった。仕事で忙しい毎日を過ごす和美がリラックスできる、ほとんど唯一と言っていい時間こそ、コーヒーを飲む時間だったのだ。

その夫が、広島に住んでいる友だちに誘われてミナモアのマルシェに参加したのは和美の仕事が日に日に忙しくなっている時期と同じだった。マルシェに出て、ミナモアに魅了された幸一は、ミナモアで出店したいと考えるようになったのである。自分から何度も広島に足を運んで売り込みを行い、遂にミナモアの担当者に東京に来てコーヒーを飲んでもらうことになった。その二か月後、ミナモアに出店することが正式に決まる。まさに夫の夢が叶った瞬間だった。東京の小さなカフェの店主で一生を終えるはずだった幸一は、ミナモアで新たに店を出すことこそ自分の夢だと思うようになっていたのだ。

(認めてあげることができなかった)

コーヒーを啜りながら、和美は近くのベンチに座り、背もたれに背中を預ける。

(認めることができないばかりか、否定してしまった)

和美は目を伏せ、カップから立ち昇る湯気を見つめる。その中に、あの時の二人が浮かび上がってくる気がして、寂し気な笑みを浮かべてしまう。

あの時、和美は幸一に、

「私が稼いでるんだから、あなたががんばる必要なんてないじゃない」

と言ったのだ。

「私が選んであげたテーブルも椅子も少しずつ変えていったじゃない。あなたが選んだ家具にした途でしょ？」

端、客足は落ちていった。でも、それがあなたの望みなんでしょ？　のんびり続けていきたかったん

幸一を批判したのは初めてのことではなかった。一緒に暮らすようになってからというもの、夫がなにかにチャレンジしようとする度、和美は口に出していさめてきたのだ。

年下の幸一は和美の言葉を黙って受け止めるばかりだった。唯一背いたのが店の家具を和美が選んだものから、自分の好みだという古めかしいデザインのものに変えたときだけである。それ以外はあまり意志を示すこともなく、静かな時の中で過ごすことを好む人だった。

だが、一緒にいて心地がよかった。

好きだと思うようになったのは、仕事では得られない安らぎを感じさせてくれたからかもしれない。だが、それは和美だけが感じていたことのようであった。幸一は和美から浴びせられる攻撃的な言葉に、日に日に不満を募らせていたようである。

幸一は、ミナモアへの出店を非難されたことをきっかけに怒りを爆発させた。初めて見せる荒々しい姿だった。

人生で一度しかない勝負だと思っていること。理想とするカフェが自分にはあること。ミナモアでなら、それが叶う気がしているということ。

顔を真っ赤にしてまくし立てる幸一を見て、

（あぁ、この人は私と別れたがっているんだな）

和美は、そんなことを冷静に考えていた。

元々、すれ違いだらけの毎日だったのである。深夜に帰宅することの多い和美は、その頃、幸一と口を利くことがほとんどなくなっていた。そこに、ミナモアの話が湧いて出てきたのだ。幸一は人生をリセットする意味も含めて、故郷での出店を考えたに違いない。

幸一の気持ちは痛いほどに理解できた。ただ、和美も反撃されたままで終わるわけにはいかなかっ

た。一番近くにいた男だからこそ、負けてはならないと思った。

結局、喧嘩は激しい言い争いとなり、どちらからともなく別れ話を口にするようになった。数日後、夫は東京のカフェを人に預けて広島に移り、和美は今まで以上に仕事に没頭しはじめた。夫婦生活の終焉は、どうして一緒になったのだろうと思えるほど、いともあっけなく訪れた。

(先にミナモアを見ていれば、少しは考え方が変わっていたかもしれないな)

広場の雑踏を眺めながら和美は溜息を漏らす。別れた夫が、ミナモアでなければならないと言った理由が、今ならわかる気がした。ここは、見失っていた自分に再び出会えることができる場所だ。

和美が追憶に浸りながらコーヒーを飲んでいると、不意に目の前に人影が現れた。

「あの……」

声をかけられ、和美は慌てて目尻を拭い、顔を上げる。

かわいらしい雰囲気の女性が中腰になって和美をのぞいていた。どこかで見たことのある顔だなと思っていると、

「やっぱり！　さっき、ショップで……」

女性が声を上げた。そのほころんだ表情を見て和美は、

「あのときの……」

腰を浮かせかける。女性は慌てて手を振ると、和美の隣を指さして、

「ご一緒させてもらってもよろしいですか？」

そう聞いてきた。

「え？　あ、はい」

和美はベンチの端に座り直し、スペースを空ける。女性は笑顔を浮かべ、隣にちょこんと腰かけてきた。先程、四階のショップでスタッフと話をしていた三十代前半の女性客だった。

「突然すみません。私もコーヒーを買ったのですが、ちょうど姿をお見かけしたもので」

女性が語りかけてくる。

「あのときのかっこいい女性の方だってすぐに気づいたんです。それで、同じ場所にいるのに知らん顔をしたら、もし目があったとき、気まずいなって思って。それで声をかけさせていただきました」

言いながら、女性は手にしているコーヒーカップで口許を隠した。その仕草がいかにも恥ずかしそうに見えて、また、話しぶりも謙虚さが滲み出ていて、和美は漠然と、私とは正反対の性格をしているんだろうなと思った。

「こちらには、よく来られるんですか？」

和美はコーヒーを一口飲んでから、女性に話しかけた。

「ミナモアですか？　そうですね、二、三週間に一度くらいは来ています。リフレッシュです」

女性はコーヒーに息を吹きかけながら、早口に答える。

「私は、きょう東京から来たばかりで、ここは初めてなんですけど、リフレッシュという気持ちはなんとなくわかる気がします。なんというか、とても落ち着く場所ですよね、ミナモアは。疲れが癒やされる気がします」

「やっぱりですか？　そうなんですよねぇ。初めて来られた方にそう思ってもらえてうれしいです」

和美が目を向けると、女性はすぐに視線をうつむけて照れたような笑みを浮かべた。そうした遠慮がちな様子に、和美は、どうして話しかけてきたのだろうと不思議に思う。女性からは明らかな緊張が伝わってきた。まるで和美を怖れてでもいるようだ。

「ごめんなさい、変なこと言って」

和美の視線が気になったのか、女性は小さな声で謝った。

「でも、素直にうれしいと思ったんです。私、ミナモアがあるおかげでたくさん助けてもらっているから」

「それもわかるような気がします。このようなショッピングセンターがあると、確かに気分的に楽になれますよね。子育て中のお母さんなんて、特に喜びそう」

和美が何気なく言うと、女性は驚いたように顔を上げ、それから再び下を向き、唇を噛みしめた。なにかを言いたそうにしているが、それを言ってもいいか悩んでいるといった様子だった。

「どうかされましたか？」

和美が話を向けると、女性は目を見開き、

「えっと」

と髪を耳にかけ、それから決意するように息を吸い込んだ。

「私、子どもがいるんですよね」

「そうなんですね。おいくつです？」

「二歳の女の子です」

「きっとかわいいんでしょうね」

「かわいいです。とっても、かわいいんです」

女性は身を乗り出して言った。その後、すぐにはっとして小さくなり、

「でも、時々かわいく思えなくなるときがあります」

しばらくして女性はほとんど聞きとれないような声で呟いた。そんな女性を見て、

（なるほど）

と和美は思う。どうやら女性は子育てに忙しい母親のようである。そして、どういうわけか、そのことを和美に語りたいと思っているようであった。それは、話の勢いでつい口に出してしまったからなのかもしれなかったし、ここで和美に出会ったからなのかもしれなかった。

ただ、女性の気持ちだけはなんとなく理解できた。女性は和美のことを自分とはまったく異なる相手だと思い込んでいるようである。だからこそ胸に抱えた鬱屈（うっくつ）を打ち明けたいと思ったのだ。和美にもそうした時期があった。夫に思いをぶつけていたときは、幸一がまったく逆の性格で、自分の仕事に介入してこないとわかっていたからこそぶつけることができたのだ。そして、今、隣に座っている

女性もまた、あの頃の和美と同じように、自分とは住んでいる世界が違う和美に気持ちをぶつけたいと思っているようである。

(聞いてあげてもいいかな)

顔を赤らめる女性を見た和美は、なぜだかそのように思った。

ただ愚痴を聞かされるだけになるかもしれない。だが、それでもいいかという気持ちになっている。

こうして、ミナモアを訪れた日にこの女性に出会えたこと。それもまた、運命のひとつなのかもしれないと、そう考える自分がいた。

和美は、コーヒーを啜りながら、

「それで？」

続きを促した。誰かの悩みを聞いてあげたいと思うなんて久しぶりだ、そんなことを思いながら女性に目を向ける。

和美がじっと見つめると、やがて女性は唾を飲み込み顔を上げた。

「えっと、その……。子どもは本当にかわいいんです。かわいいんですけど、一緒にいると嫌になってしまうことがあって……。それだけじゃないんです。お母さん友だちとの付き合いだったり、近所の人の視線だったり……。『ママにいつも散歩してもらってうれしいね』って娘に言ってくれるんです。特に深い意味はないんだろうけど、そのことはわかっているんですけど、なんとなく……」

女性はコーヒーを一口飲んだ後、ふうっと息をついた。

「広島は優しい人が多いんだと思います。私は、よその県で育って、就職してこっちに来たんですけど、職場の人もそうだし、職場以外の知り合いもそうでした。いい人多いなって、そう感じます。主人の実家が近くにあるんですが、お義父さんもお義母さんも私のことを気づかってくれて。それがすごくうれしいんです。でも、ちょっと疲れるなって、そう思うときがあって……」

「がんばらないといけないって思うのね？」

「そう！　そうなんです！　ちゃんとした人で居続けなければならないって思っちゃうんです。でも、ミナモアに来たら、それが薄らいでいくような気がして……。ショッピングももちろん好きなんですけど、それだけじゃなくて……。お店の方と話をしていても楽しいし、歩いているだけでもワクワクするし、コーヒーを飲みながらひとりでゆっくりできるし……。そうなんですよね。なにかが変わるってわけじゃないんですけど、明日からまた同じような毎日が続くってわかっているんですけど、それでもひとりになれる時間が私にとっては大切で……。それで、こうしてミナモアに来て……。ミナモアには子どもを預かってくれて、そこでスタッフが一緒に遊んでくれるところがあるんですけど、そこに預けて、私はひとりで過ごしてしまうんです。悪い母親ですよね」

「そんなことないでしょ？」

和美は女性に向き直った。

「ひとりの時間を持たないと苦しくなるのは誰もが一緒よ。私も経験したことがあります。私の場合はひとりの時間は結構あったんだけど、そのときに自分でいられたかというと、そうでもなかったの。自分でいられるってことが本当は大事なんだろうけど、そのことに気づいたのは、つい最近なんです。自分を感じることができる時間って本当に大事、私はそのことに気づきました」

常に人の目を気にして生きてきた。強い女でいることで誰からも憧れのまなざしを向けられたいと思っていた。だが、それは自分自身ではけっしてなく、人から見られたい田村和美だったのだ。

和美は女性を見つめた。

「自分を感じられる場所が近くにあるって、本当に幸せだと思いません？」

言うと、女性は目を見開いた後、再び照れたような笑みを浮かべた。

（かわいい女性だな）

と和美は素直に思う。

「ごめんなさい。初めてなのに、勝手に喋ってしまって。でも……」

女性がカップのふちを親指で拭いながら言う。

「私が目指していた女性像にぴったりだったんです。ショップで見かけたときからそう思っていました。それで、少しでも話ができたらなって、そう思ったんです。普段なら、絶対に声をかけられなかったんですけど、それが、どうしてなんですかね？　自分でもよくわからないんですけど、このカフェでお見かけしたとき、どうしても話さなきゃって思ったんです」

「そう言っていただけて光栄です」

「普段とは違うことをしたから、のぼせちゃったんです。自分でも、どうしてこんなこと話してるんだろうって、そう思ったんですけど、それでも止まらなくて……。本当に、どうしたんだろう？　ごめんなさい、つまらない話を聞かせてしまって」

「全然」

和美は首を振った。

「私、あなたのお話を聞けてよかったと、心からそう思っていますよ」

「そんな……。私が一方的に喋っただけなのに……」

赤面する女性のももに和美は手を置いた。

「本当に感謝しているんです。私も気づかされることがありましたから」

「気づき、ですか？」

「えぇ。とっても大切な気づきです」

女性は和美の目を見つめた後、やわらかい笑みを浮かべた。

「それなら、よかった。ひとりで過ごされているところ、お邪魔してすみませんでした」

「いえ、こちらこそ、とっても素晴らしい時間でした」

「今日もミナモアに来てよかった、そう思います。そう思っちゃうから、また来ちゃうんですけどね」

女性がぺろりと舌を出す。そんな子どもっぽい仕草に、和美は思わず頬を緩める。

「私、行きますね。子どもを迎えに行かなくちゃ」

女性が立ち上がった。少し遅れて和美も腰を上げる。

「本当にありがとうございました」

勢いよく頭を下げてくる女性に、

「こちらこそ。話しかけてくれてありがとう」

和美は女性に告げた。顔を上げた女性は晴れ晴れとした表情を浮かべていた。

女性が手を振りながら去っていく。振り返した和美は、

（普段はすごく大人しい人なのかもしれないな）

そう思う。物腰や喋り方に、控えめな様子が染みついているように見えた。

それでも、今、広場を歩く女性は明るさに包まれている。前を向く力強さもまとっているように見えた。

（それでいいのかもしれないわね）

和美は思う。人はいろいろな自分を抱えて生きている。だからこそ、人と合わせることもできるし、大勢の中で生きていくこともできる。だが、たくさんの人と接しているうち、知らず知らず本当の自分がすり減っていくこともあるかもしれない。そして、自分がなんなのかわからなくなるときが訪れる。違和感を覚え、そこに苦しみを抱くようになってしまう。

「自分を感じられる場所があることの幸せ、か」

振っていた手を下ろした和美は、店舗の中へと消えていく女性を見送りながら、自分が発した言葉が胸に染みていくのをじっと待った。

五

女性が見えなくなってしばらくした頃、遠くから走ってくる男が現れた。

江口である。

飲み干したコーヒーカップを返却した和美は、そちらに向かって歩み始める。

「お待たせしました」

江口が息を弾ませながら、両膝に手をつく。こちらが頼んだことなのに先に謝罪してくるあたり、本当に真面目で優しい人なのだと和美は思う。

「大丈夫です。それより……」

和美は江口の手に視線を向けた。呼吸を整える江口は、青く四角いものを携えている。

「これです。これが、ありました」

和美の視線に気づいた江口が、手にしたものを顔の横で振る。

「本？」

確かにそれは本だった。ミナモアの建物と、雲一つない青空が描かれた表紙。その青空部分に太く白い文字で「10 YEARS AFTER」と印字されている。格調高さと爽やかさが伝わってくる、思わず視線を吸いつけられてしまいそうな装丁だ。

「ミナモアをオープンするとき、広島で活動されている作家の方にお願いして、それから社員にインタビューしてもらって、物語を作っていただいたんです。中身はオープンから十年後のミナモアがどうなっているか。ですが、当時の社員の思いやら熱意やらも、物語の中にはちゃんと書き込まれていて、当時を感じることができるものになっていると思います」

「物語？　作ってもらったんですか？」

「社長の思いつきでして。でも、意外と書かれている内容と今のミナモアは似ているものがあるんですよ。弊社の社員が、なにかあった時は原点に帰ろうということで、何度も読み返しているからかもしれません。この十年、稲田さんの書かれたミナモアをみんなで目指してきたようなところがあります」

「稲田幸久？」

和美はタイトルの下に書かれている名前を声に出して言った。

「今や大先生です。直木賞も獲られて、他にも幾つも賞を受賞されています。私たちが依頼したのはまだデビューされて間もない頃だったので、知っている人はほとんどいなかったのですが。それが、これを作ったあとから、あれよあれよという間に有名になって……。それでも、いまだに弊社との関係は続いているんですよ。来月、ミナモアの屋上広場でトークショーを開いていただくことになっています」

「ごめんなさい。私、文学に疎いもので」

和美は素直に詫びた。ただ、著者がどうこうではなく、江口の持つ本の中身が気になっていることは確かだった。ビジネス書は移動時間を利用して意識的に読むようにしていたが、小説となると最後に読んだのがいつだか思い出せないほどだ。だが、今はとにかく読んでみたい。胸がドキドキするほど、江口が持つ本に惹きつけられている。

「これを？」

和美は上目づかいに江口を見た。

「差し上げます」

江口がニッコリと微笑み、和美の手に本を乗せる。受け取った和美は、瞬間、柔らかな風が胸の中に流れ込んできたのを感じた。表紙の青空がそれを感じさせてくれるのかもしれない。ミナモアの中で幾度となく感じてきたあの爽やかな青い風に似ていると和美は思った。

「ありがとうございます」

胸に本を抱いた和美は、勢いよく頭を下げた。声が弾んでいるのが自分でもわかる。欲しかったおもちゃを手にした子どものように喜びを全身で表したくなる。

「それとですね」

喜ぶ和美に江口はポケットからメモリースティックを取り出した。

「データを見つけるのに少々時間がかかってしまって。それで遅くなってしまいました」

言いながら、和美にスティックを手渡してきた。

「稲田さんが弊社の社員にインタビューをされたときの音声データです。十時間を超えているため全部聞くのはしんどいかもしれませんが、それでも、なにかの参考になるかもしれません。そうなるといいなと思って持って参りました」

「音声データ？　当時のですか？」

「えぇ。当時の社員の生の声です」

「そのような貴重なものを……。社外の私がいただいてもよろしいのでしょうか？」

「どうなんでしょう？　別にいいと思うんですけどね、私は。秘密にするようなことが録音されているわけでもないし。知られて困ることは特にないはずです。ただ、社外の誰かに提供するというのは今回が初めてです」

「本当にありがとうございます」

「大切な人に贈るギフトです」

「ギフト？」

「オープン以来、ミナモアはギフトというところに特に力を入れてきました。大切な人を思いながらギフトを選ぶ幸せ。貰った人も、そのギフトを手にしたときの感動を誰かに伝えたいと思い、そうして再びギフトを選ぶ。そのように喜びの輪が広がっていくことにミナモアが貢献できたらなと思い続けています。水面に波紋が広がっていくように、ギフト文化をミナモアが発信して、そこから幸せが広がっていけばいいなと……。だから、そのデータは私から田村さんへのギフトです」

「私に……」

「私にとって田村さんは特別な人です。私がちょうど三十歳だった頃、テナントの誘致を断られてひどく落ち込んだ時期がありました。そのとき、同年代の女性の活躍を耳にしたのです。その女性は、それまでのショッピングセンターでは考えられないようなテナントを次々と誘致していました。その業績に、私は女性のことを調べずにはいられませんでした。そして気づきました。その女性は、テナントの誘致を通してお客さまに夢を提供しているのだと。お客さまの人生に彩りと生きがいを付け加えるために彼女は働いていました。そうして、次々と新たなブランドを誘致し、ショッピングセンターを活性化させていたのです。そのことを知った私は、自分はいったいなにをしているんだろうと思いました。落ち込んでいる場合じゃないぞと思いました。私も誰かの人生を輝かせるような仕事をしたい、そのような勇気をもらって、私はまた、仕事を楽しむことができるようになりました。以来、私にとって田村さんは憧れの人です。私の人生において、田村さんは特別で、大切な人であることに間違いはありません」

笑みを浮かべる江口を和美は茫然と見つめた。

「でも、私、そんな人間ではないんです」

そう首を振る。

「私のやり方は間違っていました。今日、ミナモアを見学させてもらって、そう反省するようになりました。私なんて、全然……」

「間違っていませんよ、田村さんは」

江口が和美の言葉を遮る。はきはきとしていた口調はどこかに消え、言葉の一つ一つに優しさが滲んでいるように思えた。

「田村さんのやり方もひとつの形。それで、喜んでくれた人、人生が変わった人、たくさんいるじゃないですか。田村さんのやり方は決して間違ってなどいなかった、そのことを私はよく知っています。

かくいう私も影響を受けたひとりですから……。ただ、私が言うのもなんですが、ミナモアの形もひとつだろうなと思っているんです。広島という町で、広島らしいショッピングセンターとはなにかを考えながらミナモアはスタートしました。もちろん、失敗もありましたし、お客さまを裏切るようなこともありました。それでも、ミナモアに来た人、広島に住んでいる人にミナモアがあってよかったなと思ってもらいたい。その思いを持ちながら運営を続けてきた結果、広島の皆様に受け入れてもらうことができるようになったと私は思っています。そうして広島と一緒に育ってきたミナモアの十年は、素直に誇りに思ってもいいのではないかとそう感じています」

「広島と一緒に育った十年……？」

和美が記憶に刻みつけようとでもするように繰り返すと、江口は一度うなずき、急に思い出したように手のひらをポンと合わせた。

「そういえば、田村さん。広島の町はご覧になられましたか？」

「ええ。……いや、まだです。昔の知り合いが広島出身で、その縁で二、三度来たことはあったんですが。そのときも移動はタクシーでしたし、観光といっても宮島ぐらいで……。特に町を見たということはありません」

「昔の知り合いというのは、広島に住まわれている方ですか？」

「ええ、まぁ……」

「田村さんみたいなお忙しい方が、仕事の合間を縫って会いに来られるなんて、よほど仲がよろしい方なんですね」

「仕事のついででもありましたし……」

言い淀む和美を見て、江口はそれ以上聞かない方がいいと察したらしかった。

「なるほど、なるほど」

と相槌を打ちながら、納得顔を浮かべている。

実際、和美はこれ以上質問をされると返答に窮してしまうところだった。別れた夫の実家を訪れたのは、結婚する前と、結婚してすぐの正月の二回だけ。定年を機に東京から広島に帰ったという夫の両親は、郊外の一軒家に住んでいた。二人は気の強い和美のこともあたたかく迎え入れてくれた。幸一に似て温和な性格をしていた。そんな両親を思い出すと、胸が締め付けられるような痛みを覚える。

「それなら、ぜひ一度、広島を見ていってください」

江口に言われて、和美は目を見開いた。江口は瞳を輝かせ、まるで自分が応援する野球チームを語るときのようにいきいきとした表情を浮かべている。

「実際に広島を歩き、広島の町を見れば、ミナモアがどうしてこのような形になったかがわかるかもしれません」

「でも、帰りの新幹線が……」

「あ、そっか。今日はもう、このまま帰られるんですよね。何時の便ですか？」

「六時なんですけど……」

そこで和美は黙り、

「ま、いっか」

誰にでもなく呟いた。想像より清々しい声が出て自分でも驚いた。

和美は、帰りの新幹線ですべきことを決めていた。溜まっている雑務を片付けるのだ。そして、東京の自宅に帰ったらミナモア視察の報告書をまとめ、それを明日の朝一で提出してから、営業に向かう。営業先には明日の十時でアポを取っていた。横浜のショッピングセンターに誘致したブランドとの打ち合わせだ。

だが、それらの予定は、別にその通り行動しなければならないというわけではなかった。報告書の期限は特に定められているわけではなかったし、営業先との打ち合わせは他の人に任せても問題ない。いくつかの確認事項を共有し合うだけなのだ。むしろ、部下にこそ任せていかなければならない仕事である。

(今からなら、一泊することになるかもしれないな)

そんなことを考えはじめている自分に和美は、おやっと思ったが、

(それで、いい)

すぐに思い直した。

江口が勧めてくれた通り、広島を見てみようと和美は思っている。広島を実際に自分の目で見て歩けば、また、新たななにかに出逢えるかもしれない。

期待に胸を膨らませた和美は、ニッコリと微笑んで、

「広島を見て帰ることにします」

江口にそう告げた。聞いて、江口も微笑みを重ねてくる。

「ここから路面電車に乗って町へ出ていくことができますよ」

江口が指差す方向を振り返った和美は、光が降り注ぐ広場に停まる電車を見て、思わず感嘆の声を上げた。

(水面のような柔らかい光がたゆたうこの場所から……)

広島という町に出ていくことができるのだ。

(なんてステキ)

和美は近くて遠かった広島の町を頭に思い描きながら、ゆっくりと、まるで全身に染み渡らせようとでもするように、目を閉じ、鼻から青い風を吸い込んだ。そこにはコーヒーの香りが少しだけ混ざっていた。

六

【お礼】ミナモア視察におけるご対応について

江口さま
お世話になります。
メールにて失礼いたします。

先般は、ミナモアをご案内していただきありがとうございました。

今まで私が考えていたショッピングセンターとはまるで違うミナモアを見て、また、江口さまのわかりやすいご説明を聞き、私の中にあるショッピングセンター像が大きく変わることになりました。

ミナモアのような、あらゆる人に受け入れられ、あらゆる人を受け入れる。

そんなショッピングセンターこそ新潟では作らなければならないと思いました。


ミナモアを見学させてもらった後、社内で、新潟のショッピングセンターのコンセプトについて考える会議がありました。

その際に、ミナモアを紹介させてもらい、新潟の人々が普段使いできて少しだけ刺激や冒険心をくすぐられるショッピングセンターこそ理想だと発表しました。

かつての私のような考えを持っている者からの反対意見もありましたが、それでも、皆納得してくれたようで、私がプレゼンした方向でプロジェクトを進めていくことが決まりました。

これも、ミナモアで素晴らしい時間を過ごせたおかげです。あの時間がなければ、私は取り返しのつかない過ちを犯すところだったように思います。

気づかせていただけたこと、心より感謝申し上げます。

また、頂戴しました本、帰りの新幹線で読ませていただきました。江口さまに勧めていただいて広島を見て回ったこともあり、すんなりと物語の世界に入ることができました。

確かに、今の広島そのものを表しているなと感心しました。

みんながゆったりと、無理に背伸びはせず、ありのままの自分でいるというか、広島で暮らしている自分たちに胸を張って生きている。

かといって決して流行に遅れているというわけではありません。自分たちに合ったちょうどいいスタイルを皆さん楽しんでおられるようで、それがむしろ洗練されているように見えました。

ミナモアで過ごされていた方々とまったく同じですね。

そうした広島の文化というか、空気感を、ミナモアが作られたのだろうと推察しています。

広島の皆さんの生き生きとした姿を見ていると、一度視察しただけの身にもかかわらず、なんだか私までうれしくなってきました。

江口さまの丁寧な説明を聞かせていただいたからか、いつの間にか私は、ミナモアのことを友だちのように思っていたようです。まことに自分勝手なことだとは思いますが、本当に親しみを感じているのです。

この本を十年前に書かれたということで、まずはそのことに驚きを感じずにはいられません。さすがは直木賞作家だと思いました(その後、稲田さんのことを調べさせてもらったのですが映画監督としても活躍されているんですね。すごい方と関わられておられるようで、そのことに関しても驚きました)。

同時に、このような本を作るという企画を出された御社の目の付け所に驚嘆の念を抱かずにはいられません。

「10 YEARS AFTER」を読んだ後、江口さまから頂戴したインタビューの録音データを聞かせていただきました。

とても興味深い話ばかりで、御社のミナモアにかける思いと情熱が伝わってきて、十時間を超える話も、ずっと集中して聞くことができました。

東京や大阪のマネではなく、広島に合ったショッピングセンターを作ろうと思ったこと。

そのために徹底的にマーケティング調査を行ったこと。

調査の結果浮かび上がったのが、広島が独特の文化、価値観を持った町であるということ。

原爆からの復興という人々の努力の果てに今の広島があること。

そうした歴史もあって、広島の人々は広島に対する愛着を人一倍強く持たれていること。

そんな広島の町に受け入れられるためには、まったく新しいショッピングセンターを作らなければならなかったこと。

それを実現するために手探りの中、試行錯誤を繰り返しながら、社員の皆様でアイディアを出し合ったこと。

お客さまの目線に立つことの重要性。そのために、既に仕上がっていた設計図を全部作り替えてまで、こだわりぬいたこと。

コロナが最も流行っていた時代で、飲食業界をはじめ、社会そのものの先行きが見通せない中、それでもテナント誘致の営業をして回らなければならなかったこと。

インタビューの中で出てきたこれらのエピソードは、同じ業界に携わる者として、その困難さがわかるだけに感動せずにはいられませんでした。


そのような中で私が最も感じたのは、皆さまの広島に対する思いです。

ミナモアがオープンすることで広島にどのようなプラスを生むことができるか。

それまでの広島の人々の暮らしを肯定しながらも、更に一段上がってもらうには何が必要か。

そうしたことに真摯（しんし）に向き合われた結果が、今のミナモアなんだと思います。

気づいた私は、雷に打たれたような感覚を覚えました。


ショッピングセンターが成功するだけではいけない。

町の住民の一員になって、一緒に町を作っていかなければならない。

そうした観点は、今までの私にはなかったもので目から鱗（うろこ）が落ちたような思いがしました。


これから、私は新潟に何度も足を運ぶことになると思います（三か月後には移り住むことになっているのですが、外からの目を持っていられるうちに、できるだけ新潟という町を見て回りたいと思っています）。

ただ、その前に、もう一度、広島に行くことを計画しています。

というより、実は今、広島行きの新幹線の中でこのメールを作成しているのです。

個人的なことを述べるようで大変恐縮なのですが、過去、私の至らなさのせいで、ひどく傷つけてしまった人が広島に住んでいます。

その人に、今から会いに行こうと思っています。

広島駅で下り、ミナモアでギフトを買って、それから会いに行きます。
そうしたことができるようになったのも、ミナモアを見学したからかもしれません。
あの日を境に私は考え方がガラリと変わったと、そのことを実感しています。
新しい一歩を踏み出さなければならないと、そのように思えるようになりました。
その新しい一歩が新潟のショッピングセンターに繋がっていくのだと思っています。
そして、広島に住んでいる大切な人に会いに行くことに繋がったのだと思います。

メールで、こんなにも長文をしたためてしまい、申し訳ございませんでした。
読むだけで時間を取ってしまいそうです。
お忙しい中、本当にごめんなさい。

今後ともよろしくお願いいたします。

田村　和美

七

Re：【お礼】ミナモア視察におけるご対応について

田村さま
お世話になります。

ミナモア見学後すぐにお礼のお手紙を頂戴しましたのに、さらにこのような思いのこもったメールを送ってくださり感激しています。

まだまだ我々も至らぬところが多く、お客さまに十分な満足をお届けできているか不安なところはあるのですが、改めまして、田村さまには新しい発見があられたようで、館内を案内させていただいた身としまして大変うれしく思っています。

また、オープン時の思いを汲みとっていただけたこと、ありがとうございました。

田村さまがおっしゃる通り、あのときは、すべてが新しい試みで、コロナが流行していたということもあり、社員の皆が不安を抱えながら仕事をしていました。

そのような状況下で、ただ、

「絶対にいいショッピングセンターを作るんだ」

という意識は全員が共通して持っていたように思います。

とにかく今日より明日、一歩ずつでも、たとえ後退せざるを得なくなったとしても、それでも足を踏み出していこう、そう思って仕事に取り組んでいました。

ミナモアには、そうした社員ひとりひとりの思いが今も息づいているのだと私は感じています。

だからこそ、私自身、今もミナモアのことが好きですし、広島の皆さまに受け入れていただいていること、本当に感謝の思いでいっぱいです。

田村さまからいただいたメールで、特にうれしい箇所があったので、記させていただこうと思います。

それは、ミナモアを友だちのように思っている、というところです。

ミナモアは、お客さまにとって、

「新しい気づきや日常の変化（冒険）へと背中を押してくれる友だちでありたい」

という思いを持っています。

それはテナントのスタッフも同じで、

「友だちのようにお客さまのことを親身になって考え、友だちのようにお客さまにとって最もよいものを提案する」

ということを共通理解としています。

そうした意味では、田村さまがミナモアを「友だち」と表現してくださったことは、我々の思いがお客さまに伝わっているのかな？

と自信を持たせてくれることになりました。

また、田村さまがミナモアに来て、そこで新しい一歩を踏み出そうとの思いを持たれたことに関しては、友だちである我々ミナモアとしましても、大変うれしく思っております。


今、新幹線で向かわれているとのことで、ミナモアに再び足を運んでいただけるとのこと、心よりお待ちしております。

もし、なにかございましたらご連絡ください。

私か、もしくは私が無理なら、他の者が対応いたします。


大切な人と過ごす時間が素晴らしい時間になることを願っています。

今後ともよろしくお願いします。

江口博文

八

「友だち、友だち、友だち、友だち……」

　呟きながらフロアを進んだ和美は、一軒のカフェの前で足を止めた。心臓が張り裂けんばかりに強く打っていて、それをどうにか抑えようと唾を飲み込んだら想像以上に大きな音が出てひとり慌てた。周りにそっと目を向けたが、ミナモアの客たちはそれぞれの時間をそれぞれのやり方で過ごしているようで、和美を怪訝そうに窺っている人はひとりもいなかった。

（それも、そうよね）

　先月訪れた時と同じ空気がミナモア内に漂っていることに和美は不思議な安堵感を覚えた。うまくいってもいかなくても、どちらにしろ、この穏やかな空気の中に帰ってくることができるのだ。そう思った和美は大きく息を吐き出しながら胸に手を置いた。吐息は最初、震えが混じっていたが、それは徐々に薄れていき、そして、震えがおさまっていくと同時に、和美の胸の高鳴りも静まっていった。

「友だちだもんね」

　そう声に出し、和美は決意を固める。

　ちゃんと彼を見て謝ろう。電話越しではない、彼の目を見て謝るのだ。

　自分の中の弱気な和美に呼びかける。

　数日前、和美は元夫に電話していた。ひょっとしたら出てくれないかもしれないと思っていたが、幸一は三回目のコールで電話に出た。

　ディスプレイを見て和美からだとわかったのだろう。幸一は緊張気味な声で、

「もしもし」

　と告げてきた。

　その声を聞いた途端、自分が突き飛ばした相手は、こんなにも遠くまで去ってしまったのだと和美

は思った。

だが一方で、和美の中でこんこんと湧き上がってくる、ある思いも生まれていたのだ。

それは、寂しさよりももっと大きい懐かしさだった。

彼の声を聞くことができた。たったそれだけのことで、こんなにも胸が張り裂けそうになってしまうなんて。

「ごめんなさい」

気づいた時には謝っていた。それしか発することができなかった。

「ごめんなさい……」

今までのこと。自分のことで頭がいっぱいになってしまったこと。大切に思うことができなかったこと。夢を否定したこと。二人で積み上げてきた時間を終わらせてしまったこと。

謝らなければならないことはたくさんあった。ひとつひとつ謝らなければきっと理解してくれない。だが、どれも涙に変わって、伝えることができないのだ。

和美はスマホを握りしめたまま嗚咽した。何も喋ることができない。ただただ、ひたすら涙を流し続けるばかりになる。

そんな和美に、黙りこくっていた幸一が告げてくる。

「……僕の方こそ、ごめん」

優しい声だった。いつかの、まだ仲良く笑い合うことのできていたころの彼の声だ。聞いた瞬間、和美の目から今までよりもさらに大粒の涙がこぼれはじめた。

和美がかつて聞いていた声で、幸一は、意固地になっていたんだ、そう続けてくれた。

「今思えば、君を困らせたいと思っただけのような気がする。僕のことも少しは考えてもらいたい、そう思って。でも、ミナモアのことを話に出した途端、男としてのプライドのようなものが顔をのぞかせたんだ。あの瞬間、僕は、君に勝ちたいと思った」

「それは私が幸一くんのことを考えていなかったから」

「でも」

幸一は声を大きくして和美を遮った。

「ミナモアでカフェを開いて、うまくいくこともあったし、うまくいかないこともあった。それでも、僕の淹れたコーヒーを、おいしいと言ってくれるお客さんもいて。そうした人を見ていると、なんだか肩の力が抜けていく気がしたんだ。なんというか、これでいいのかなって、そう思った。誰かに勝ちたいとか、そんなことはどうでもよくて、僕は、僕らしい僕で居続けたいなって、最近になってようやくそのことに気づいたんだ」

和美ははっと息を飲んだ。とても大切なことを幸一は話してくれている。そんな気がして、慌ててなにか書き留めるものはないかと辺りを探した。だが、あいにくメモもペンも近くには見当たらなかった。

（でも、大丈夫）

和美は、自分の胸に手を当てる。そして目を閉じ、大きく息を吸い込む。

（ほらね）

こんなにも深く刻まれているじゃない。

男性に敗けてなるものか、と、がむしゃらに働き続けてきた。

でも、誰かと張り合う時期は、もう過ぎたのだ。

ありのままの自分を好きになってもいい時期が私にも訪れたのだ。

（そう思ってもいいよね？）

和美は、涙を拭って笑みを浮かべた。

「よかったら、一度、僕の店に来てくれないか」

電話越しに幸一が語りかけてくる。

「こんな僕がやってる店だけど、今、広島では結構評判になってたりするんだ」

一瞬のうちにぬくもりが溢れてきた。若い頃の二人、お互いを思い合い、寄り添い続けた日々が目の前に蘇ってくる。

「うん。行く……。必ず行く」

和美は幸一に向かって明るく告げたのだった。

そして今、和美は幸一のカフェの前に立っている。緑色の看板のかかったレトロな外観は、控えめだが確かなセンスを感じさせ、彼らしいカフェだなと和美は思った。中からほのかに漂ってくるコーヒーの香りは、和美の鼻の奥に熱いものを込み上げさせてきた。

毎日嗅いでいた、あの人の香りだ。

「行こう」

和美は胸を張り、顔を上げた。着ている服の白が眩しく映り、心持ち目を細める。和美が着ているのはデニムパンツに白のシャツだ。広島を見て回った次の日、ミナモアで買って帰ったものである。

自身のファッションを見下ろした和美はフッと笑みを浮かべ、どこに繋がっているかはわからない、でも、確かに自分が最も求めているであろう道に向かって、確かな一歩を踏み出した。

10 YEARS AFTER

2025年3月21日　第1刷発行

著者　稲田幸久

取材協力　中国SC開発株式会社

発行人　田中朋博

発行所　株式会社ザメディアジョン
〈本社〉
〒733-0011 広島県広島市西区横川町2-5-15
TEL：082-503-5035　FAX：082-503-5036
HP：https://mediasion.co.jp/
MAIL：en@mediasion.co.jp

編集　芝紗也加
校閲　菊澤昇吾
販売　高雄翔也

印刷・製本　株式会社シナノパブリッシングプレス

ISBN978-4-86250-826-3